致勤劳、勇敢、有趣的东北人

世间味道

肖于 著

SHIJIAN
WEIDAO

GUANGXI NORMAL UNIVERSITY PRESS
广西师范大学出版社
· 桂林 ·

图书在版编目（CIP）数据

世间味道 / 肖于著. --桂林：广西师范大学出版
社，2021.7
（雅活）
ISBN 978-7-5598-3904-6

Ⅰ. ①世… Ⅱ. ①肖… Ⅲ. ①散文集－中国－
当代 Ⅳ. ①I267

中国版本图书馆 CIP 数据核字（2021）第 115695 号

广西师范大学出版社出版发行

（广西桂林市五里店路 9 号　邮政编码：541004）
（网址：http://www.bbtpress.com）
出版人：黄轩庄
全国新华书店经销
广西民族印刷包装集团有限公司印刷
（南宁市高新区高新三路 1 号　邮政编码：530007）
开本：889 mm ×1 240 mm　1/32
印张：7.625　字数：175 千
2021 年 7 月第 1 版　　2021 年 7 月第 1 次印刷
印数：0 001~5 000 册　　定价：52.00 元

如发现印装质量问题，影响阅读，请与出版社发行部门联系调换。

总　序

周华诚

　　"雅活书系"陆陆续续出来了，受到不少读者的欢迎，编辑约我写一篇总序，我遂想起当初策划此书系的缘由。入夜，又细细翻阅书架上"雅活书系"已出的20余种书，梳理并列出将出的近10种书的书名，不由心潮起伏，感慨系之，于是记下我的片断感受。

　　"雅活"这个概念，并非现在才有，中国实古已有之。举凡衣食住行、生活起居、谈琴说艺、访亲会友、花鸟虫鱼、劳作娱乐，这日常生活里的一切，古人都可以悠然有致地去完成。譬如，我们翻阅古书，可见到古人有"九雅"：曰焚香，曰品茗，曰听雨，曰赏雪，曰候月，曰酌酒，曰莳花，曰寻幽，曰抚琴；又见古人有"四艺"：品香、斗茶、挂画、插花。想想看，"雅活"的因子，覆盖了日常生活的方方面面；也可以说，"审美"这个东西，已渗入中国人的精神血液里头。

　　明人陈继儒在《幽远集》中说：

　　香令人幽，酒令人远，石令人隽，琴令人寂，茶令人爽，竹令人冷，月令人孤，棋令人闲，杖令人轻，水令人空，雪令人旷，剑令人悲，蒲团令人枯，美人令人怜，僧令人淡，花令人韵，金石鼎彝令人古。

这样一些生活的风致，似乎已离时下的我们十分遥远。随着社会节奏的加快，人们匆促前行，常常忽略了那些诗意、美好而无用的东西。

美的东西，往往是"无用"的。

然而，它真的"无用"吗？

几年前，我离开从事多年的媒体工作，回到家乡，与父亲一起耕种三亩水稻田，这一过程让我获益良多。那时我已强烈地感受到，城市里很多人每日都在奔波，少有人能把脚步慢下来，去感受一下日常生活之美，去想一想生活究竟应当是什么样子。

山静似太古，日长如小年。

余花犹可醉，好鸟不妨眠。

世味门常掩，时光簟已便。

梦中频得句，拈笔又忘筌。

当我重新回到乡村，回到稻田中间，开始一种晴耕雨读的生活时，我真切地体会到内心的许多变化。我也开始体悟到唐庚这首《醉眠》中的"缓慢"意味。我在春天里插秧，在秋天里收割，与草木昆虫在一起，这使我的生活节奏逐渐地慢了下来。城市里的朋友们带着孩子，来和我一起下田劳作，插秧或收获，我们得到了许多快乐，同时也获得了内心的宁静。

我们很多人，每天生活在喧嚣的世界里，忙碌地生活和工作，停不下奔忙的脚步。而其实，生活是应该有些许闲情逸致的。那些闲情雅致或诗意美好，正是文艺的功用。

钱穆先生说："一个名厨，烹调了一味菜，不至于使你不能尝。一幅名画，一支名曲，却有时能使人莫名其妙地欣赏不到它的好处。它可以另有一天地，另有一境界，鼓舞你的精神，诱导你的心灵，愈走愈深入，愈升愈超卓，你的心神不能领会到这里，这是你生命之一种缺憾。"

他继而说道："人类在谋生之上应该有一种爱美的生活，否则只算是他生命之夭折。"

这，或许可以算是"雅活书系"最初的由来吧。

"雅活书系"，是一套试图将生活与文艺相融合的丛书。它有一句口号："有生活的文艺，有文艺的生活。"在我们看来，文艺只是生活方式的一种。文艺与生活，本密不可分。若仅有文艺没有生活，那个文艺是死的；而若仅有生活，没有文艺，那个生活是枯的。

"雅活书系"便是这样，希望文艺与生活相结合，并且通过一点一滴、身体力行，来把生活的美学传达给更多人。

钱穆先生所说的"爱美的生活"，即是"文艺的生活"。下雪了，张岱穿着毛皮衣，带着火炉，坐船去湖心亭看雪。一夜大雪，窗外莹白，住在绍兴的王子猷想起了远方的老友戴逵，就连夜乘船去看他；快天亮时，终于要到戴家了，王子猷却突然返程，说："我本乘兴而行，兴尽而返，何必见戴！"同样，还是下雪天，《红楼梦》里的妙玉把梅花瓣上的白雪收集起来，储在一个坛子里，埋入地下三年，再拿出来泡茶喝。也有人把梅花的花骨朵摘下，用盐渍好，到了夏天，再拿出来泡水，梅花会在沸水作用下缓缓开放。

——这都是多么美好的事！

生活之美到底是什么？从这套"雅活书系"里，每一位读者或许能找到一点答案。当然，这并不是"雅活"的标准答案，生活本无标准可言——每个人的实践，都只是对生活本身的探寻。而当下的生活，如此丰富，如此精彩，自然也蕴含着无比深沉的美好。"雅活书系"或许是一束微弱的光，是一个提示，提示各位打开心灵感受器，去认识、发现、创造各自生活中的美好。

很荣幸，"雅活书系"能得到读者们的喜欢，也获得了业内不少奖项。我愿更多的人，能发现"雅活"，喜欢"雅活"；能在"雅活"的阅读里，为生活增一分诗意，让内心多一丝宁静。

写完此稿搁笔时，立夏已至，山野之间，鸟鸣渐起。

2019年5月6日

序

　　三百多年前，雄峻的山海关抵挡不住"闯关东"人的脚步，这其中也有我的祖辈。这些迁移而来的"关里"人迅速和东北土著打成一片，不仅养育了一批东北人，也造就了鲜活的东北文化，热血、彪悍，敢闯敢拼，这些特点就是生长在血液里的"移民"基因。

　　读大学后，我离开了故乡，从此很少踏上故乡的土地。我常和H市的朋友提我的故乡，不需要溢美之词，只是描述洋溢着俄国气息的北方风情，就足以让江南长大的她们充满各种瑰丽的幻想。她们一直在说，带我们去看看吧。

　　一百多年前，有四千多俄国人在我的故乡生活，这和中东铁路有关，这段清末的屈辱历史，缘起于沙俄的掠夺，也因此给我的故乡烙下了俄国的印记。故乡有俄式的东正教堂、俱乐部、面包房和苏军烈士陵园。俄国人生活的痕迹到处都在，俄式房屋（我们通常管它叫苏联房子）遍布在故乡的每个角落。

　　每一幢黄墙壁绿屋顶的苏联房子，我都很熟悉，我在那些房子间的草丛里玩耍、长大。那些漫长的夏日，茄子、豆角、黄瓜、西红柿、小葱、黑加仑……蓬勃生长的菜园子，一直嗡嗡飞的小虫。捉蜻蜓的纱布网是不是还在那里，挂在小门的秋千边上？我还想去秋千上坐一坐，从那里能看到黄得耀眼的南瓜花、开紫白色花朵的豆角架……就连夏日里，菜园里肥沃的泥土气息，我都记得清清楚楚。

家中的长辈都是铁路职工，我小时候就住在苏联房里，那是我的家，和我姥、姥爷一起生活的地方。如果真的有时光穿梭机，我非常愿意回去住几天。

家里的红地板，也有百十年了吧。我妈小时候经常擦洗的红地板，现在还是那么油亮吗？上次回去，那些镶嵌在半米厚的墙壁上的蓝色木窗框有一点儿颓了，要重新上色了吗？院子里的水泥路面塌陷了，方砖也碎掉了，就连水泥台阶也破了边角，只有墙角的那棵沙果树还那么茂盛。

搬离老房子的舅妈，每年夏天还回去种蔬菜吗，就像我们都在的时候那样。那菜园里长出的蔬菜水灵、清甜，我远在天涯，却时常忆起那些菜蔬的味道。

人真的很矛盾，明明很爱，却没法喜欢，更没法厮守在一起。这种感觉像不像你和父母的感情，你爱他们，却并不愿意和他们捆在一起生活。故乡是我们想念的地方，却并没有吸引我回去。对我而言，故乡就是这么一个矛盾的存在。

得不到的永远在骚动，回不去的永远在想念。所谓思乡不过是一种告别——和旧光阴，和童年的自己告别。而告别充满疼痛。

九年前回过家，近乡情更怯，我整晚睡不着。故乡在我脑海里盘旋了许多年，可真踏上这片土地，却发现这里和我想象中的完全不一样，一边是破败的我儿时生活的地方，一边是崛起的另一个陌生的新城市。我想要的那个故乡，并没有一直痴心地等着我回去看它，而是消失在漫长的岁月里。

那个傍晚，夕阳下的天空飞来了无数乌鸦，它们在天空上盘旋、聒噪，呼啦啦地来了，又呼啦啦地走了。站在房前的水泥石阶上，我脑子里乱糟糟，心里却空荡荡。

如果忘不掉，就写下来吧。记忆中往事集结成文字，给记忆中的东北往事，记忆中故乡的人，画上一个模糊的剪影。2017年春天的某一天，我将过往经历解构，再组合起来，吉光片羽一般，陆陆续续写出这些家常味道和记忆中故乡的往事。故事真真假假，情节假假真真，只是落下的泪是滚烫的。短短半生，所见过的沧桑，不过如此。

愿更多的东北人从我的描述中，看到自己的过往，记起自己的来处。

目 录

咸

　　在东北，谁家咸菜腌得好，也能证明谁家日子过得好。为啥呢？一年有半年冬天，没有新鲜蔬菜的日子，吃啥？漫长的冬季可吃的蔬菜实在不多，地窖里储存的几百斤的白菜、土豆、青萝卜、胡萝卜这样的新鲜蔬菜，夏季晒好的十几斤豆角干、茄子干、黄瓜干等干菜，寡淡的味道就算配了猪肉、猪大骨也不够提气，如果没有腌菜佐餐，真没啥吃头，咋过冬呢？

　　腌菜都有啥？酸菜、咸黄瓜、蒜茄子、辣白菜、萝卜干，还有糖蒜。

糖　　蒜

糖蒜有两个口味：一种是咸口的咸蒜，长得一身酱油黑；一种是酸甜口的糖蒜，棕黄色的半透明。

糖蒜好不好吃呢？刚腌好的糖蒜可以当零食吃。

腌糖蒜的坛子都不大，就是那种鼓肚子粗陶坛子，四五十公分高，里面能塞个两百头。糖蒜刚腌的时候，不够入味，还有点生蒜的味道，要过上两个星期才觉出鲜甜。

糖蒜坛子放在室外，坛口盖个铝皮的小盆子。太阳尽管晒着，小雨也偶尔淋着，糖蒜在里面一天天变得好吃了。

有天，感觉时候差不多了，我姥拿着一个小盆，想捞几头糖蒜给大家尝尝。刚腌好的糖蒜味道最好，蒜的辣味已经消解在糖醋汁里了，正是酸甜适口，不仅大人爱吃这口新鲜劲儿，小孩儿也超级爱。

姥麻利地揭开铝皮盆，揭开封好的纱布口，一坛子糖蒜居然没几个了。不用问，一定是表弟干的。没来得及逃跑的表弟被抓住，屁股上挨了几个巴掌，一点都不冤。咋那么嘴馋呢？咋不想想别人呢？真气人！

表弟其实从来不缺嘴儿，是一大群表兄妹中家里条件最好的。表弟皮得很，胃口也出奇地大。他什么都爱吃，什么都抢着吃。有一次，表弟跟着我姨回姥家，姨带着孝敬姥爷的香蕉、苹果（三十年前的东北，水果品种非常少，新鲜水果已经很高档了）。姨高高兴兴地把水果放在茶几上，我姥爷就瞟了一眼。我在床边坐着，看到一大袋水果，在旁边暗暗吞了下口水，表弟却贼溜溜地朝我笑。

没一会儿，房间里没了大人，表弟猴子似的拎了水果袋子飞一般跑出去了。我没跟去，转过一间房，找大人去告状了。姨大骂着"小兔崽子"，一边穿上鞋跑出去找儿子。

表弟跑到门口，过了马路，到下坎儿的玉米地里，吃了一袋子香蕉，吃不光的分给了邻居孩子。表弟被拧着耳朵领回家，挨了一顿骂，他是不在乎，可惜了，我一口没吃到。

物质条件最好，模样最帅气的表弟是姥家里唯一不爱读书的孩子。姥的十一个孙辈的孩子中，表弟读书最少。长大后，表弟却是我们这一辈中最有钱的人，他开了家政公司、装修队、珠宝店……比起读书外出他乡打拼的我们，他的日子过得非常安逸。

幼时，我熟悉的故乡是全国的重工业基地。我姥生了九个孩子，除了早早过世了一位，还剩下八个孩子。八个孩子都成家了，家中人都在铁路、钢厂、纺织厂、水泥厂上班。那时候，围绕厂子生活的一家人过着充满秩序的生活。谈不上多么好的生活，可是踏实、有安全感。

到了九十年代末，重工业失去支撑，大厂纷纷瓦解，年富力强的父辈难以避免下岗的局面。有些车间每个人分两麻袋大米，然后就解散了；有些车间给每个人分了一块地，让技术工人们土里去刨食；还有些人原本家底就不富裕，一下岗只能四处打零工，原本低人一等的种田的爸因为承包了几十亩地，吸引了很多工人来帮忙。下岗工人的人力很便宜，一天十元。他们活干得不好，因为不会做农田的劳动，一切对他们来说，都要从头学起。好在，这并不难。

家里的日子越来越紧巴，下岗后变不出更多的钱。我们还小，在长身体，也需要读书。家里的女人们除了操持家计，闲时打打小麻将，就只是监督孩子学习。姥家的人就信一条，只有学习好才能离开东北，只有离开东北才能过上更广阔的日子。

在父辈们下岗，艰难地度过了近十年的光阴后，我们陆续长大了。姥的十一个孙辈孩子，只有表弟和二表哥留在了故乡。

走出的孩子也和我一样经常想念故乡，想念故乡的吃食。在经济不太好的那些年，廉价的糖蒜、腌菜、自制的山楂酱都曾很好地抚慰过我们的味蕾。

腌糖蒜的时候，一定是初秋。

就那么几天，赶快买了嫩蒜丢到坛子里。市场上的嫩蒜也很俏，你去晚了，就买不到了。买不到了，那么今冬，你去谁家要糖蒜吃呢？

嫩蒜上市的那几天，邻居路上见面，打招呼都是：你家买了多少头蒜啊？对方回应"买了"或者"没呢，正要去市场呢！"家家如此，很少有人不腌的。

入冬了，新鲜蔬菜少，没有腌菜佐餐，顿顿白菜、土豆的，吃的什么味道？想想都惨！

八月中旬以后，早晚开始冷了，可中午还是热得很，太阳明晃晃的，照得水泥地面上一片白花花的光。只有风吹来，你才知道，秋天到了，风吹来了一阵阵凉意。

嫩蒜俏生生，蒜皮也是嫩的，不像平时的大蒜头那样有干干巴巴的皮。把嫩蒜身上的老皮撕掉，白生生的蒜头清水里洗干净，然后泡上一天，去去辣味。

泡蒜头用的洗衣服的铁皮盆，也给小孩子洗澡。北方的四方院子里，把胶皮管子接在自来水龙头上，对着铁皮盆猛冲一会儿，再狠狠刷洗几下。注上水，一头头雪白的嫩蒜扔进去，泡上一夜的澡。

转到第二天，天气好像也更凉了，洗干净的蒜该进坛子了。咸蒜就只放酱油、盐，一点点儿糖；糖蒜要放糖、醋、盐。爱吃糖蒜的，一定是两种口味各来一坛。也有懒的，直接腌个混合口味，糖醋口咸蒜，三斤醋一斤酱油再加白糖。总之，主妇们说了，没那么严格，想咋腌就咋腌，好吃就行。腌好的蒜，家家味道不一样。

腌蒜在坛子里，坛子站在菜园子边上，或是放在楼道的阴凉地。从愣头青的辣蒜头一点点儿变得柔软、温润，变成大人孩子都爱吃的味道。天气一天天冷下去了，腌蒜也一天天美味了。

入冬了，平房的人家里烧了火墙、烧了锅炉、烧上炕，楼房的人家也开始集体取暖了，屋外死冷寒天，屋子里却热乎乎。东北普遍用两个门：外一个铁皮的，叫大门；里一个木头的，叫二门。两个门中间有十几厘米距离。穿着棉袄、棉裤、棉鞋，戴着棉帽子、棉手套，拉开大门，铁皮门把儿上冻着一层白霜，楼道灰突突的墙壁上也是白霜，打开二门，一团白气涌出来。你趁机进屋，很担心那团白气瞬间上冻，砸到脚面上。

进屋脱掉外衣，坐到饭桌前开始吃饭。一大锅白菜猪肉炖粉条，外加点酱菜，一碟蒜茄子，一碟糖蒜，一碟腌黄瓜，咸香甜全有了，热乎乎的白菜汤淋到碗里，保准吃上两碗饭。

你说腌黄瓜好吃吗？这说起来就厉害了。

屋外菜园子里落了雪，腌蒜的坛子站在雪地里。坛子身上盖着姥缝的棉花垫子，捂得严严实实。雪落在上面，坛子里却干干净净。拿了捞咸菜的大勺子，先敲下坛子里的碎冰碴子，再捞蒜。这时蒜要去坛子底捞了，入秋以来吃得差不多了，蒜也泡软了，不脆生，腌得太老了。可腌蒜的汤汁不会浪费，吃透了蒜头味道的汤汁最是好吃，主妇早就把咸菜缸里的黄瓜扔进去了。冻蔫儿巴的咸黄瓜，浸在糖醋汁里，只消过上几天，就老好吃了。

酸　菜

　　我姨总说我妈腌的酸菜好吃。其实我觉得是她懒，她不想腌，又想吃，所以忽悠我妈每年多腌酸菜，到了冬天，她两手一伸，就来拿了。有时候，她不好意思白吃，就说："三姐，今年我买点白菜放你家吧。"

　　我妈懒得理她，白菜值几个钱，自己妹妹，为了她冬天有的吃，也要多腌点。我妈说："给你腌出来了。"这话到了我姨的耳朵里，心里就舒坦多了。

　　我家的酸菜缸很大，一米多高，直径六十多公分，就放在厨房的墙角。那个墙角，到了冬天每天都结着白霜，晶莹剔透，长着菱形的霜刺，咋咋呼呼的。霜花从墙上抠下来，一到手心，很快就融化了。平房里最冷的地方是厨房墙角，虽然灶台很热，可墙角还是不行。

气温太热，酸菜要坏掉，气温也不能太冷，太冷没法发酵，会腌不好。酸菜缸放在墙角刚刚好。

酸菜缸面前对着灶，看着火焰舔着灶头，不煮饭的灶头上就坐着一个铁皮水壶。水壶底烧得墨墨黑，一层的烟灰垢。水成天烧着，呼噜呼噜的，水壶嘴儿里成天地喷着白气，厨房弄得到处都是白烟儿，有水汽，也有墙壁里反出的凉气，水汽遇到冷冰冰的墙角，就结成了霜花。厨房的玻璃窗，早就里外都结了厚厚的冰霜，白色的霜。我爱用手抠，抠下一大块冰花，攥在手里，凉凉的。

为什么水壶天天烧开着，咋不去灌暖水瓶呢？水瓶早就灌满了，但是火墙子、暖气片要二十四小时地烧着，要不然屋子里的人多冷啊。

外面的人都说我妈过日子仔细，能不仔细吗，家里两个姑娘要养，负担重呢。我妈仔细，所以我妈腌酸菜、腌咸菜都做得好。不为别的，省钱，大冬天里细菜买得少，多数吃腌菜、储存菜、干菜。啥是细菜？就是夏天里稀烂贱的黄瓜、辣椒、西红柿、豆角……家家院子里种得满棚满架，吃都吃不光，扔都没人捡。

可到了冬天，这些菜身价倍增，只有暖棚里种植的。大棚种植的蔬菜金贵，不讲农村人卖力不卖力了，力气又不值钱！可维持暖棚要烧煤，要把暖棚外面盖上厚厚一层棉被，老大老大的棉被，这些都要花钱。伺候暖棚里的菜是个辛苦事，稍微懒一懒，菜就冻坏了，冻死了。你之前给暖棚花的所有费用和力气，都白瞎了。零下二三十度的北方，想在冬天吃点细菜，多难啊！细菜贵，很正常。

细菜偶尔也能吃到，虽然比猪肉价格都贵。每次孩子嘴馋了，或者家里来客人了，总要去买一点儿。买一根黄瓜吧，加上家里的白菜、干豆腐、胡萝卜、粉丝，做个家常凉菜，人人爱吃，也算吃了细菜了。要不然，就只能等，等到大夏天，再吃个够。

十月底，开始储存白菜了。白菜从来不是金贵的菜，却是家家户户都离不开的好东西。大量上市的白菜，被农村人赶着马车、开着拖拉机送进城里，你交了钱，他几百斤白菜、土豆、大萝卜帮你送回来，有菜窖的放菜窖里，没菜窖的放仓房里。也有懒的，我姨家有时就放院子里，到了下大雪的冬天，吃白菜要从雪堆里刨出来。白菜冻了，就不好吃了，咋整呢？来我家拿呗。

腌酸菜是一件大事，虽然和我没啥关。我每天跑来跑去地玩，不像贴心的姑娘那样帮父母做家务。我妈腌酸菜，我只是站在旁边看，就连搭把手的便宜事，都没干过。

我没觉得腌菜是个辛苦事，反倒觉得是个好玩的事情，这是入冬前的仪式，热热闹闹的。

我妈的手常干活，青筋暴出，却厚大。粘了泥土的湿漉漉的手，一棵白菜、一棵白菜地检阅，去掉碰坏的叶子，放在院子里的大水缸里洗干净。七八百斤的白菜都要过过手，用了多少时间呢？我不记得了。我只记得太阳很大，阳光晒在身上很舒服。我妈在院子里的水泥地上，一棵棵洗白菜。

院子里的大水缸用处很大。夏天里自来水接满，在太阳底下晒得热乎乎的，下班的、下田的回来，站在院子里的水泥路面上，用一个大盆舀上温乎乎的水，洗手、洗脸、洗脚丫子。狂放一点儿的男人，直接从脖子地方淋下来，洗得爽气，为了卫生，也为了凉快。入秋腌酸菜了，大水缸开始了新的使命。洗好白菜，它就变成了酸菜缸。

洗干净的白菜晾晒干，用开水烫蔫巴了，再一棵一棵码到水缸里。这样，一百多棵白菜才能不占地方，才码得下。一边码一边撒盐。盐是大粒盐，对这点我记得特别清楚。大粒盐像颜色暗沉的冰糖，不过比冰糖块儿小。也许是大粒盐便宜，或是腌酸菜只能用大粒盐，总之盐和白菜按程序放到缸里，最后一道工序是石头。不知道每家的酸菜缸里压的石头都是哪里寻的，不大不小，平平整整，刚好压住缸口的白菜，压得实实成成。

酸菜好不好吃，看主妇的手艺，也看天气。今年你家媳妇太勤快了，早早腌上了酸菜，谁知道天气有点回暖，不往缸里加盐就担心酸菜臭了，盐加多了味道就不行了。这肯定会被人嘲笑，大姐大妈都会笑话你。有经验的主妇很少会犯这种错误。

硬挺挺、脆生生的白菜帮子，绿莹莹、俏生生的白菜叶子，在大缸里只管浸着，你也不用去管。快入冬了，好多事情要做。劈柈子，捡干巴的柴，一捆捆弄好，码在仓房里，冬天引柴火用。煤也要去买几吨，今年的煤不知道啥价格。外面的天儿，是一天一个样，个把星期，北风吹过来，就打哆嗦了，就连棉门帘都要找出来了。

风一天天地凉了，日头一天天的弱了，酸菜缸里开始冒泡了，绿白菜变得软了，颜色也越来越黄，直到菜帮儿半透明。

一个月以后，腌过的白菜就能上桌了。那时，白菜完成了惊人的蜕变，就连名字也改了。稀烂贱的白菜现在叫酸菜，懒媳妇做不好酸菜的，要去娘家、姐家、好说话的邻居大娘家要酸菜。酸菜是金贵的，尤其是腌得好吃的酸菜。去住楼房的亲戚家串门子，带啥都多余，带点酸菜吧，主人家肯定高兴。

一缸酸菜能吃到来年三四月份。

酸菜切细丝，配上切得透明的五花肉，再加上一把东北粉条子，油都不用放，咕嘟咕嘟一煮，就是最好吃的汆白肉了。汆白肉酸菜爽口，也不拘放多少肉，肉放多了，砸几瓣蒜放点酱油，夹肉片蘸着吃；肉放得不多，融在汤里，汤鲜得很呢，略带酸味，肉也绝对不腻人。就算不爱吃肉的我，都能吃上好多片。

酸菜切细丝，和粉条、五花肉一起炒也是最家常的做法，这叫酸菜粉，也叫渍菜粉。

酸菜是最普通的过冬菜，最家常的做法就这两种。冬季里几天不吃，就有点想了。一点微酸，让味蕾嘭地打开了，和储存的寡淡蔬菜有了最大的区别。

酸菜还有其他吃法吗？

我妈每次切酸菜，都会把酸菜芯儿直接挑出来给我和妹妹吃。不煮熟，就这么直接吃，好吃吗？我不记得酸菜芯儿味道怎么样了，我妈给的，肯定是她觉得最好吃的东西了。

过年前，湖南卫视《天天向上》有一期节目讲冬天的储菜，也讲到酸菜。哈尔滨的一位嘉宾说，店里有道新菜式，是把酸菜芯拿出来，蘸白糖吃。我没法想象那是什么味道，专门微信去问还在老家的表弟，表弟说："姐，好像有些饭店那么吃，我没吃过，还是家常做法好吃。"

现在物流空前发达，东北冬天不以储菜为主了，可根植于幼时的滋味怎么也不会变，也许那些菜式根本不够美味，却依旧让人魂牵梦绕。滴水成冰的冬天，窗外是纷飞的鹅毛大雪，屋里暖意融融，一家人围在炕上的饭桌前，一盆酸菜汤就是最好的味道。

离开故乡二十多年了，你问我想不想家？每年冬天我都找个东北菜馆吃一次氽白肉，要不然，怎么算过冬呢？

酱

很多个明晃晃的夏天，我姥叫我："飞啊，帮姥干点活儿吧。"我在园子里捉蝴蝶，或是抓蜻蜓，也可能在看草叶子上的瓢虫，听到这话马上答应一句，就去帮我姥干活了。这活，我爱干，抢着干，我姥知道，她最疼我。

酱缸上放着尖角的铁皮"帽子"，把它摘下来，然后是我姥洗得雪白的纱布罩儿，用橡皮筋箍在缸上。铁"帽子"放在水泥地上，纱布罩儿放在铁帽子上，我开始捣酱。酱缸里放了个木头的酱杵子——木头柄加一个小长方块木板，它叫酱杵子。

酱缸里的酱很安静，一动不动。一打开，就有一种咸鲜的酱味扑出来。酱杵子捣酱要上下翻，把下面的酱翻到上面来，上面的酱是接触了空气的新鲜的黄色，下面的酱是暗棕色的。捣酱就是把下层的酱捣上来。我两只手握在木柄上，把酱缸翻个乱七八糟。翻腾一会儿，我就厌了，跑去玩了。我姥继续捣酱。捣酱的意义在哪里，我并不知道。

有时候，雨来得很快。这种时候，我也会很机灵地赶快去盖酱缸。酱缸被雨淋了，酱就要长蛆，那就不能吃了。

酱有多重要？东北人的餐桌根本离不了。吃饭时，姥会叫我，"飞啊，去帮姥剥两根葱"。我一边答应着，一边跑到园子里的菜地剥了两根葱，在推开绿色的纱门进屋之前，在门口的水缸里舀出了水，洗了手也冲洗了葱。水缸里的水被太阳晒得温乎乎，真舒服。

我姥每次都骂我死心眼："让你剥两根，就剥两根啊，不够吃啊。"

然后我再出去，从土里拔了小葱进来。

小葱、香菜、生菜、小辣椒、黄瓜，都是菜园子里摘来的，鲜灵灵、水灵灵、脆生生。姥把菜洗得干干净净，码在盘里，一家人都上桌了，当然要吃蘸酱菜。

从酱缸里盛出的酱也能吃，可是不够味道。我姥家饭桌上的酱都炸过，有时是蘑菇酱，有时是鸡蛋辣椒酱、肉末酱，这三种酱，百吃不厌。

蘑菇酱就是蘑菇肉末炒了放酱炸。蘑菇要选小蘑菇，大拇指指甲大小的。很多蘑菇，是我姥带我去松树林里采的。姥带我采蘑菇做伴儿，我很爱去，但我有时候走不动了，姥也哄着我，总在蘑菇筐里带一点儿点心。一块绿豆糕，一块槽子糕，一块炉果儿，点心是姨孝敬姥的。

有几次，没到松树林儿，我就走不动了，姥叫住赶马车的农村大爷，让他捎我们一段。不管认识不认识，老太太带个小女孩儿，车老板都会豪爽地让我们上车。我想，我一定在车上睡着过。

风不冷，阳光也不晒，天蓝，云低，马车走得晃晃悠悠的，那么好的日子。小时候我觉得日子好长，未来好远，一切都望不到边。却没想过，日子过得飞快，一转眼就是三十年后的今天了。也到了现在我才发现，那些时刻太过于珍贵，珍贵得我不敢去想，不敢再想。

姥说我眼睛尖，总能见到蘑菇。我一听表扬话，干得更起劲了，松树趟子（林子）里，厚厚的松针盖着，树根底下常常有蘑菇。我采够了蘑菇，就坐在松树下面吃点心，姥一个人手脚麻利地清理蘑菇，战利品够多了，我们就回家了。

我再也吃不到那么好吃的蘑菇酱了，我姥去世十三年了。她在，故乡就是我最想回去的地方；她在，不管多远，我每年都要穿越大半个中国回去看她，只是看她。

最后的四年里，她瘫在床上，瘦得像个孩子，就连坐在轮椅上，去外面转转都不行了。家里雇了一个勤快细心的阿姨伺候她，姥的八个孩子分了组，轮流每天来陪她。她爱吃肉，每天都要抽支烟。从我记事起，她就一直抽烟，以前用烟叶子卷烟，我经常帮她卷，后来是最便宜的葡萄牌香烟，一直到她八十六岁离开人世。

最后一次，回家看她。姥的脑袋糊涂了，她却记得我。她说："姥老了，不能动了，但是你生个孩子，姥就在床上给你搂着，不让她掉到地下去。"

她的白内障越来越严重，看不清楚我了，我在一边眼泪哗哗地流着，握着她干枯的手，她也不知道。

如果她知道，她会说，飞啊，别哭，人总会老，会死的啊。姥不愿意看到我受委屈，不愿意看到我难过，不管什么时候。

姥住的那间小屋，除了一张床，就只能放下两个凳子了。对着床的那面墙上的隔板也是蓝色的。我小时候，在这间屋里住过很多年。那时，姥能做酱，酱块子被报纸包裹着，放在墙上的隔板上。酱块子的咸鲜味道，裹也裹不住了，这小屋好像一直都浸在这发酵的豆香气里，散不掉，去不掉。

那次对话过去了不到两个月，她就走了，没等到我生个孩子给她看看。咽气的时候，我爸妈都在她身边。我没有参加姥的葬礼，我在两千多公里以外的地方打电话回去，哭得稀里哗啦。二表哥说:"飞啊,我们不能那么自私,看着那么明白事理、手脚麻利、爱干净的老人,过着大小便不能自理、让人照顾的日子。"

我对自己说,不能再想她了,早该放她走,让她过自由的日子吧。

姥走了,我不送她,她好像还在。姥不是躺在床上的那个枯瘦、大小便都不能自理的要死的老太太。姥是那个坐在院子里,水泥路面上,小方凳上,穿着干净的白色带浅格子衬衫,外面套一件灰蓝色布马甲,头发纹丝不乱,戴着眼镜,看《老年报》的老人。

姥走的那年冬天,在东北生活了五十多年的父母,也彻底离开了老家,定居他乡,开始了新的生活。姥没了,我们好像失去了留在老家的理由。

家里的酱要吃一整年,夏天吃,冬天也吃。炸酱面也是个好东西,夏天里豆角、茄子、小辣椒,冬天里的大白菜,不拘什么食材,放上酱,味道就厚了,拌在面条里,谁都能吃一大碗。

鸡蛋焖子。鸡蛋搅好,放点葱花,和酱搅在一起。小辣椒切圆圈,放在酱里。放在笼屉上蒸。蒸熟的鸡蛋焖子有点难看,灰灰绿绿的颜色,我说像呕吐物,我姥说我又要挨打了。其实,她一巴掌都没动过我。鸡蛋焖子好吃,没菜的时候,就着白馒头、白米饭，都可以。

还有一种吃法，是菜包饭。生菜叶子、白菜叶子都可以。刚蒸好的二米饭（就是小米和大米一起蒸）拌上鸡蛋酱，放上撕碎的小葱、香菜、黄瓜条，用菜叶子包住。咬上一口，咸、香。鲜甜的菜叶子，再加上一点点儿小葱的辣、辣椒的辣、黄瓜的清爽，好吃。吃菜包饭，特别没有吃相，不张大嘴巴根本塞不下去。满嘴的饭菜，没法说话，大家都闷头吃。眼见着，盘子里的蔬菜，锅里的米饭都吃光了。吃菜包饭，特别费饭。

最近一次回故乡，是九年前了。商场里的美食街，也有菜包饭。酱有很多口味，眼花缭乱，我认不出来，除了家常菜蔬，还有婆婆丁等野菜。最大的变化是，包饭里有了土豆泥、花生脆、白芝麻。我买了一份，一定是好吃的，可是怎么也比不上多年前的那些日子，和姥一起摘了菜园子里的菜蔬，一大家子人围在小桌前热热闹闹地吃。

咸　菜

　　食物匮乏的年代，尤其又没有冷藏新鲜菜蔬的方法，咸菜算是一个伟大的发明吧。不易腐坏，携带方便，能补充盐分、维生素，一点点儿就能下饭。重要的是在没有蔬菜的时候能吃到蔬菜。

　　在东北很多人离不开咸菜，没一小碟咸菜下饭，总觉得不够味道。

　　早几千万年，东北是水草丰美、森林密布、阳光充沛的地方，那些埋在地下的煤炭，那些现在涌动的温泉，那些猛犸象、恐龙的化石都是明证，那时候的东北"土著"——恐龙整年里都有新鲜叶子吃吧。

　　早在七千年前，我的老家就有人类活动、居住。刀耕火种的年代，据说那时起，人们也种粮食了，东北有人生活的历史比我们想象得更久。

以前的东北被称为蛮夷之地，在那里生活着少数民族，那里的土著被汉人称为契丹、女真、突厥、高句丽、鞑靼……东北土著们曾在苦寒气候、恶劣的环境里过着艰难的日子，靠渔猎、游牧维持生活，其实也可以理解为过着饥一顿饱一顿的日子。

到了金朝，女真族势力强大，淮河以北都是他们的地盘。随着逐渐的汉化，他们的生活也发生了很多改变。

公元一一二四年，也就是宋徽宗宣和六年，北宋派使臣许亢宗出使金国。许到了东北，金人接待史款待他。《宣和乙巳奉使金国行程录》介绍，许亢宗还在河北地界，离现在的东北还有段距离，他语气不咋好听，称金人为"虏人"，讲的饭食也较粗鄙，小米混狗血、内脏、韭菜。在他的记录中，金人的饮食习惯确实有点让人不能接受。

再后来，许行至咸州，也就是铁岭附近，又记载野味、粥饭、包子、烧饼、炸馒头片、肥猪肉，虽说做法粗放，可也可口多了，且已是很隆重的宴席。那时，馄饨、饺子、肉油饼、灌浆馒头都已普及，甚至于水果也开始种植。此外，乳制品也是金人重要的食品。

许亢宗在东北，也吃到了好吃的东西。他记录了金人赠鱼做羹，味甚珍。

马扩《茅斋自叙》记载，他在金朝，阿骨打宴请酋长，除了野味、鱼虾、家畜，还有咸蒜、腌韭菜花、咸黄瓜，这都是当地的过冬菜。金代诗人赵秉文《松糕》诗中，有"辽阳富冬菹"之句，这里"冬菹"二字就是指酸菜。看来咸菜的历史比我们想象得更久。我常想，大约有人类居住的时候，东北人就会吃咸菜了。咸不仅是一种味道，也能生出勇气，在艰难的人世活下去的勇气。

我们家不是地道的东北人，我们是"闯关东"的后代。

东北土著努尔哈赤的子孙进入山海关以后，关外就被死死地锁了。满族人死死守护的长白山龙脉，有很大原因是为了人参，可以换成雪花银的人参。东北不仅有人参，还有千里沃野、密布的水系、砍伐不尽的老林子和山中的珍禽野味，东北是能活命的宝地。

三百多年前，第一批闯关东的移民陆续突破大清的层层封锁，穿过柳条沟，历尽千难万险陆续来到了东北。再后来，每一个饥馑年份，为了活命，山东、河南、河北、山西等地人更是不惜性命地朝东北来，满族人根本无法阻挡。直到民国，"闯关东"一直存在，个别年份，一年就有上百万的人进入山海关。

"闯关东"是中国历史及世界历史上迁徙人数最多的移民运动，总人数达三千万。电视剧《闯关东》，能反映出一些"闯关东"

人的生活轨迹。

那时的东北人烟稀少，沼泽、湿地、平原、森林，是熊瞎子、傻狍子、野狼、东北虎、梅花鹿的地盘。"闯关东"的人能活下去，不仅凭借胆量、勇气，还有命数。很多人没来得及到东北，就在路上或因疾病，或是遇到"胡子"（土匪），或是水难等原因过世了。即便到了东北，也要与野兽、恶劣的气候等不可预知的灾难对抗。能活下来的人可能是体力、智力、运气都比较好的人。

这批人里有我的祖辈。

在我的印象里，东北人，尤其是老一辈东北人的口音种类非常多。有人终生都讲河北话、山东话、山西话、河南话，比如我爷爷。

大量的汉人到达了东北，势必对东北产生深远的影响。长居关内的贫苦人，哪家没有一个咸菜坛子呢？这样扯有点远了，说回到咸菜。对咸菜印象这么深刻，大约是因为我吃着咸菜长大的吧。以前的人不讲究，生活也过得粗陋，被生计折腾的大人们，不那么讲究营养。早上大米粥配咸菜，是惯常的吃法。有段时间，我妈三班倒，我爸好像也没怎么费心给我煮饭。我买了五袋中萃方便面，留着饿的时候吃。可是不会烧开水，温水泡不好面，最后还是泡饭配咸菜解决。

咸菜味咸，家里吃的咸菜却不只是咸一个味道。为了在漫长的冬季能吃得有点滋味，主妇们也是动足了脑筋。

辣白菜，你不要和我提韩国，这明明就是一道最普通的北方咸菜。当然，在东北生活着非常多朝鲜族人、回族人、满族人，也有鄂伦春等人口更少的民族，但汉人最多。在长期的劳动和生活中，早就互相影响了，很难说辣白菜到底是谁发明的。

腌辣白菜当然要用辣椒末、大蒜末、姜末、食盐等常用的配料，还需要切两三个苹果、鸭梨。所有的东西切成碎末混在一起，把大白菜叶翻开，把粉末一张一张擦上去，白菜涂上一层佐料放到缸里发酵。蒜味、辣椒味、水果味混合在一起的辣白菜，味道酸、甜、辣，层次也够丰富。

蒜茄子和辣白菜的工夫差不多。市场买来中等个头的茄子，先在阴凉处晾晒一下，茄子皮有点皱的时候，上锅蒸熟。这个时候，切蒜、辣椒、香菜，放盐拌好，茄子晾凉以后，撕开两半，涂上佐料，一层一层码好，放在坛子里。到了没有茄子的季节，这道蒜茄子可以安慰你。

除了这些菜，还有萝卜、胡萝卜、豇豆、黄瓜、芥菜疙瘩，都可以洗净放到盐水坛子里，一起腌。吃的时候，从冰冷的腌菜缸里捞出来，切成细条。咸菜太咸，放到水里多过几次，把咸味去掉一些。滤干水分，热油浇到花椒、大料、辣椒面上，再加一点糖、一些醋，切瓣儿蒜拌在一起，就可以吃了。

也有些独辟蹊径的咸菜做法，貌似更好吃。我姨常做一道醋拌芥菜丝。芥菜疙瘩切细丝，放很多醋泡着，吃的时候放点白芝麻。酸咸脆，爽口得很。下饭、下酒都是良配。

舅妈做的萝卜干咸菜好吃。咸萝卜控干水分，萝卜变得皱皱巴巴，切成萝卜丁。放点熟青豆、花生，糖醋酱油花椒油淋上，够味儿。

咸菜不仅佐餐，很多时候还是主菜，比如榨菜丝炒肉末。我最早吃榨菜丝炒肉末是三十年前，那时退休的姥爷去南方做生意，去的地方非常遥远，乘火车也要一周才能到。每次出门，姥爷都要用肉末炒上榨菜丝，然后装在糖水罐头的瓶子里。每次，我都眼巴巴吃上几口，觉得姥爷可真有口福啊。到了南方，不知道这罐头瓶子里的榨菜肉末吃完没有。

姥爷贩卖的是橘子。他从广西拉上一火车厢橘子，然后自己跟着货车回到东北。咣当、咣当的货车行进途中，是不是很寂寞？毕竟货车是没有车窗的，乌黑黑的车厢里和几吨橘子睡在一起的姥爷，靠什么打发时间呢？那一罐子的榨菜炒肉末大约能为他找到一点家的滋味吧。每次姥爷押着一火车皮货物，从南方返回家里，我都会去找那个罐头瓶子，果然，榨菜肉末都吃光了。

姥爷回来以后，家里会堆满橘子，整筐橘子堆到屋顶。橘子酸甜，晒干的橘子皮清甜里带一点点苦，家里整天都是这些味道。

家的味道到底是什么样呢？哪里又是家呢？

我爷爷是闯关东第几代呢？爷爷去世十几年了，不可能打听到了。就算他活着，我和他见面的时候也不多，大约也是不会问的。爷爷是在内蒙古的满洲里出生的，我猜他成长过程中在河北的时间很多，他一辈子都是河北口音，并不会讲东北话。爷爷的家在河北沧县，我小时候看武侠小说，一直记得祖籍是和《雪山飞狐》里的大侠胡一刀比武的地方一样。

从河北到东北再到内蒙古，是非常远的距离，那时候的他是如何辗转两地，又遇到过多少难忘的事情呢，我永远都不会知道了。只是，爷爷的亲妹妹一直都生活在内蒙古海拉尔，并没有回到河北，或者来和爷爷会合。我的姑奶奶就扎根在内蒙古，一代代地活下去了。

做生意的人，哪怕是小生意，终归是有一点钱的。等到我爸来东北定居，是乘火车来的，那时他还只有几岁。据说，一同来东北的还有一箱子银圆。很多富过的证据已经没有了，只剩下一个黄铜铸的"水瓢"，印象里我小时候总是提不动那个"水瓢"，不明白为什么要用黄铜铸。但这个黄铜"水瓢"是家里人证明祖上富过的唯一线索。爷爷是在土改前来的东北，那些银圆，后来都拿给小孩子当制作毽子的托儿。爷爷带着全家踏上来东北的铁路，虽然说这条路，爷爷或许已经走过无数次了。那一次的离家，他们大约没打算再回去，毕竟到了东北，一切都能重新开始。我姥爷也是河北人，河北献县邵家庄人，他三岁时闯关东，是坐在他爸爸的柳条筐里，被爸爸用肩膀担过来的。

老人们已过世很多年，我常想，我到底算哪里人，论血统我算是个中原汉族人吧？讲血统其实很蠢，历史上无数次的征战、迁徙成就所谓的民族大融合，汉人、胡人、女真、匈奴……血统早就混过无数次了，哪里还有纯正的汉族人？我生在东北，长在东北，吃着粗糙的东北菜长大，我算是东北人，却离开东北生活了。我和无数离开东北的人一样，东北的一切深深烙印在我生命里。

现在的橘子也没以前的味道好，我也不馋榨菜肉末了。我还是记得家乡菜的味道，聊以怀念。在我生命中不需要负担责任、最轻松的那几年童年时光，有爱我的人，有随意挥霍的日子。成年的我毫不犹豫地离开东北，到四季都有新鲜菜蔬的城市生活，未曾想过回头。只是，人世苍茫，终究还有一个魂牵梦绕的地方，我们叫它——故乡。哪怕回不去，也总在心底念想。

对我，这点念想可能是咸的味道，是泪水的味道，是能生出气力的味道，是从古至今一代代人，为了活下去，为了活得更好，曾咀嚼过的别离的味道。

甜

　　很多时候，支撑你在这人世间活下去的不是梦想，不是责任，只是生活无意中给你的一点点儿甜。那点甜是在大丽菊上嗡嗡飞的蜜蜂，是风吹过白杨树沙沙响的叶子，是一块放在舌尖就甜到心里的水果糖，是走在有阳光的雪地上，咔嚓咔嚓踩雪的声音……关于故乡，在很深沉的忧伤里，依旧是有甜的。在并不漫长的岁月里，那么一点儿甜，让我觉得自己曾经是幸福的。

山楂是甜的

我妈是个知青，我爸是个农民。我妈是城市户口，我爸是农村户口。打下这些字，就已经感觉到岁月沧桑了，这些完全不符合眼下的字眼，只配活在三十年前。然而这些字眼，就足以奠定我童年时的生活基调。这不只是简单的工农混搭，也是命运的羁绊，让我最初的生活里充满矛盾、碰撞、愤怒、不甘、无望、争吵……所有的这些词汇离幸福都有一点远。

很多小飞虫都有趋光性，每个人都渴望温暖安全，这些法则也许早在DNA里写好了。小时的我，无力去做些什么，逃是一个很好的办法。很多年后的现在，想起童年，最幸福的日子都不是在家里，而是在我姥姥家，好像那里才是我真正的家，能让我踏实、安全、温暖，可以毫不负责任地生活。

据算命的王瞎子说，我妈和我爸的结合是天造姻缘。据我姨说，是父母之命，无法抗拒。没有人想让我妈过苦日子，只是迫于形势。在那样的年代，个人命运往往不值一提，跟随着各种政策和号召，到了最后，苦的只是最老实、诚恳又认命的人。作为下乡知青，体弱多病，却无人关照的女孩子，结婚是最容易解决现状的办法。

如果说我妈是苦的，那么我爸一定是甜的吧。作为生产队队长的儿子，我爸一心要找个城里姑娘结婚。任凭做媒的人来来往往，他毫不动心，直到生产队的王会计带着我姥爷的意思踏进门槛，我爸才认定了这门亲事。

我爸长得好，我妈大他两岁。

在我幼时的岁月里，我爸应该很辛苦。只有他一个农村户口，却有三个城里人要养活，他的土地太少了，妈又不甘愿干农活。他勤快，愿意为生活付出所有气力。据说，在生产队里，我家永远是每亩地里出钱最多的人家，而他的女儿们却几乎没去过那片土地。

生产队里的人羡慕我爸，觉得他日子过得好，可家里来往的城里亲戚，对他只有同情——是城里人对乡下亲戚的同情。看他，多么苦，多么累啊。

事实上，过分操劳让他暴躁、易怒。爱好也从打乒乓球、滑冰变成了喝酒。再加上和我妈经常有矛盾，不干活的时候，他几乎都去外面喝酒，然后更是争吵、冷战。以及我作为长女对他的厌恶。

粗粝、辛苦的生活让我妈也不幸福，她尽心尽力地养育我和妹妹，却也常说很伤人的话，比如：我不是为了你们，我早就和他离婚了。我姥及所有家里人都心疼我妈，一个城里姑娘，就这么和一个种地的人生活，日子确实是苦。他们也常对我说："你妈太不容易了，你长大了她就能过得好点了。"

我父母不太如意的生活，好像都是因为我和妹妹造成的，很荒谬。小时候，我想过，或许只有我们死了，他们才能解脱。

我的父母勤劳、踏实，都有一颗疼爱孩子的心，他们毕生的希望就是两个女儿能过得比自己更好。他们对自己苛刻，从不多花一分钱在自己身上，倾尽所有，一切的一切都只是为了孩子。在有限的条件里，尽量让别人家孩子有的东西自己的孩子也能拥有。

东北没什么太好吃的水果，种类也少得很，入秋的山楂勉强也算水果吧。有一次，家里买了一堆山楂。关于这堆山楂，我恐怕要记上一辈子，并不是因为山楂好吃，而是我妈对我说的话。

这山楂特别地酸，我吃了两个，一点儿也不幸福，却又觉得扔掉不吃太浪费了。我妈看我吃的痛苦相，让我把剩下的半袋子山楂都扔了。扔东西并不是一贯节俭的她能做得出的事情，可她的逻辑是止损，她说：买了不好的东西已经吃亏了，再吃了不想吃的东西，损失更大，不如扔掉，就损失一次。

我妈说得对，这个道理我听一次就记住了。不管有再多的不舍得，也没有必要为了拥有而受伤害。

可是我妈没法止损，因为两个女儿，因为这就是她的命。

后来，我知道，山楂可以做成山楂酱。只要放白糖，多放，再难吃的山楂也变甜了。就像我们的日子，酸涩难忍，漫长，可终究有那么一些些的努力，让日子变得甜一点。

山楂这种廉价的水果，确实带给我们很多甜的记忆。山楂条、山楂片、山楂糕，还有山楂酱。山楂大面积上市时，稀烂贱的价格买回了，放在铁锅里咕嘟嘟地煮，然后冰糖或者白糖往里猛加，直到成为山楂酱。

酸酸甜甜的山楂酱放在罐头瓶子里，想吃的时候去挖半碗，现在想想，那种甜还是能浸到心里。尤其是死冷寒天的时候，玻璃瓶子放在窗外，冻得瓷实。这不是一个好选择，因为你没法吃，冻成一团要多久才能化开啊。最好的选择是放在阳台门和厨房门形成的夹层里，阳台是个大冷库，厨房是热的，两道门隔出的夹层是冰火两重天。

山楂酱半冻不冻的状态，不会坏了味道，也随时能挖出来吃。

东北几乎有半年的冬天，冬天里没有农活可做，很多种地的人就猫冬了。猫冬怎么可能有收入？我父母脑子活，也不怕吃苦挨累。在八十年代末，他们养了几头奶牛，按我妈的话说："家里又多了一个人上班。"奶牛产牛奶，牛奶可以卖钱，每天都有收入。就算猫冬，土地里不产钱，可家里的牛还是会赚钱。

快入冬了，爸在生产队的电影院烧锅炉，这是作为生产队队长儿子的好福利。妈在水泥厂上班，等她下了班，托儿所里接上我和妹妹，然后回家。挤了牛奶，妈要带着两罐子沉甸甸的牛奶去奶站卖掉。还有两个很小的女儿，害怕得不肯在家里等她，怎么办？

妈骑着二八大自行车，两罐几十斤重的奶牛桶挂在自行车后面，两个女儿坐在自行车的大梁上。天有点冷了，我们都穿了厚厚的棉衣。夜幕来得快，天色很快就沉下来。

我妈也带不动我们了，骑了没几分钟，就放下我和妹妹，到综合商店门口给我们买两根糖葫芦。我和妹妹一边吃，一边在深沉的暮色里跟着妈走，妈骑一会儿自行车，再推着自行车走一会儿。我和妹妹跑跑走走，一点儿也不冷。暮色很深，带着秋季里冰冷的浓雾，只有路灯是橘黄色的，每隔一段，就劈开夜色挥洒些温暖的光来。母女三人，就这样，在糖葫芦甜的引领下，按时走到遥远的奶站。

交了牛奶，妈会带上我和妹妹，和两个空了的铁皮桶，骑自行车回家。路过综合商店，再买几根棒冰，把它冻在室外的窗台上，晚上看电视的时候吃。

天冷，我妈是热的，蹬自行车出了一身的热气。我和妹妹坐在车大梁上，遇到过天桥上坡时，都下来帮妈推自行车。我们身子是热的，手和脸蛋是冷的。可心里，是甜的，吃了冰糖葫芦，还有棒冰的盼望。

小时候生病，会有病号餐，山楂罐头是一个。可是我不大生病，吃不到。但是，我姥或者我姥爷生病，我总能吃到，可他们也很少生病。

我姥躺在小屋的床上，床和玻璃窗紧挨着。淡蓝色的墙壁，玻璃窗嵌在墙壁上，窗台上放着一个罐头瓶子。光线有点暗，可外屋蓝色大门的上方是一段窄窄的玻璃窗，那些阳光透过窗俯射进来，偏偏都落在这玻璃瓶子上。于是，山楂罐头越加闪闪发光。浅红色带麻点的山楂就躺在里面，染红的山楂糖水慵懒地躺在瓶子里。你晃动瓶子，它就缓缓地移动一点点，我怎么能不咽下口水啊。

我随时等着我姥说，"飞啊，这有个山楂罐头你快帮姥吃点，姥吃不完"。那样，我就会飞快地跑到厨房，拿一柄不锈钢长柄勺子，赶快去罐头瓶里搅上一搅，然后掏出一颗山楂，放在嘴里，快速地咬开，等着被酸和甜点燃，享受一下。

我常住在我姥家，受姥和姥爷的照顾。姥和姥爷在世的时候，一定是经常深深的后悔，为他们给女儿订下的这门亲事而后悔。看着女儿操劳半生，丝毫看不到过舒坦日子的希望。姥和姥爷对我非常好，不知道这是不是一种变相的弥补。家里的姨和舅也对我非常好，一定是为了帮助妈。我并不缺少爱，也不缺少爱我的人，真正的爱我的人。不论是省城买的最时髦的衣服，还是孩子间非常流行的电子表、玩具，这些我都有。

我的父母却从来没机会休息，除了种地、上班，他们还干过很多营生，只要能赚钱，他们从不吝惜自己的时间和气力。他们一心要两个女儿过更好的日子，虽然他们并不知道这个愿望要如何达到。

很幸运，他们的女儿们平安健康地长大，带着对他们的那份责任长大。我和妹妹比他们幸运，虽然没有他们勤劳，却终于过上了体面的日子。事实上，我们一家人都不曾放弃过努力——过更好的日子的努力。

姥爷和姥相继去世了。在他们走后，五十岁出头的父母搬到北京定居，去除一切曾经生活过的烙印，过上了年轻时从没敢幻想过的日子。城里的亲戚，再也不会有人看低他们，再也没有人同情他们了。

人世苍茫，小人物的命运永远和大环境息息相关。种田为生的我爸早在城市化的改革大潮中，改换了城镇户口。我妈也在纷繁复杂的企业改革后，开始领了退休金。我妈的工资卡内数额不多，可每年都在涨。

命运开始眷顾他们，对他们来说，年轻时候受过的苦已被稀释了，只是我担心这些苦藏在他们的身体里，早晚要一点点儿地显示出来。

现在回到北京父母家，如是冬天，他们一定还是会提前买了糖葫芦，放在冰箱里，等我吃。有两次，他们忘记买了，我有点不高兴。他们还是会套上棉衣，走在北方冷飕飕的街上，去最近的美廉美超市买上几根糖葫芦。遇到邻居问，我爸会说："我家老大回来了，她爱吃糖葫芦。"

除了糖葫芦，还有山楂片，每次我妈见到我女儿，都一定是买一大堆的山楂片。就是我小时候爱吃的那种山楂片。味蕾是有记忆的，我们喜欢的都是曾经得到过的，我还记得那个味道。现在我的女儿也开始爱上这个味道了，山楂的味道，酸里带着甜，因为酸，甜会加倍加倍的甜。

不管草莓、香蕉、猕猴桃的糖葫芦多么诱人，我最爱吃的仍旧是最朴素的山楂糖葫芦，就算是黑枣糯米的也不行。每次按家里人头算，八个人，买八支，通常到我离家时却还没吃完。

我四十岁了，还是喜欢吃父母给我买的糖葫芦，只是不想忘记那么一点儿甜。

酒心巧克力和糖果

　　时光退回到三十年前，十岁的我，认为全世界最好吃的东西就是酒心巧克力——哈尔滨秋林百货产的酒心巧克力糖。

　　哈尔滨的亲戚来看望姥和姥爷，每次都会为我和妹妹带两盒巧克力。姥家的孙辈这么多人，为什么只有我们有呢？一是我们离姥家住得近；二是姥最疼我；三是，不是为了我妈吗？

　　所有的亲戚中，论相貌、头脑，我妈都算是最好的，可是，上山下乡、返城待业、下岗这些事情，她都遇上了。对她的女儿，亲戚们有种特殊的关爱。

　　在我老家，是没有秋林酒心巧克力这样的好东西的，只有哈尔滨有。省城哈尔滨是一个金光闪闪的地方，就连哈尔滨来的亲戚，我都觉得金光闪闪。

　　第一次被酒心巧克力击中，大约是个冬天。傍晚时，哈尔滨的亲戚来我家，送了巧克力。亲戚大约是二姥爷家里的舅舅，是我妈的堂弟，他亲亲热热地陪我妈讲话。妈在厨房忙碌，舅站在门口，有一搭儿，没一搭儿的。舅不打算在我家吃晚饭，讲了几句话就去姥家了，姥在等他吃晚饭。不只是饭食更好，更丰富，还有热闹的一大家子等舅开饭呢！舅一走，我也终于可以拆开礼物了。

昏黄的灯光下，巧克力盒盖一掀开，一种甜香就钻出来了。一整排小酒瓶出现在眼前，我好像打开了全新的世界。我的眼睛一定都被点亮了。

不太记得糖盒子是什么样了，长条盒子一打开，十块做成酒瓶子样子的巧克力就在里面。不仅形状是酒瓶子的样子，还用锡箔纸和塑料纸包装成酒的样子。小瓶子身上写玉泉大曲、竹叶青、葡萄酒……各种酒的名字。

剥开一块糖放在嘴里，巧克力的苦和微香蔓延开来，含上一会儿，不等你咬碎，巧克力中深埋的糖壳就化开了，一并涌出的是酒心。浓郁的酒的味道，多么神奇的味道啊。

东北人爱喝酒，不论男女都能喝一点。不知道是不是这个原因，我被这种带有酒味的巧克力深深地迷住了。也可能是平日好吃的零食太少了，这点混杂着酒味、苦味的甜显得尤为珍贵。吃完了糖，糖纸都要保留着，平平整整地压在厚厚的书里，比如

《水浒传》。就算过了很久，糖纸上还是有巧克力糖的甜香气味。

我特别喜欢哈尔滨的亲戚。除了他们来，大约只有一次我妈去哈尔滨参加单位的活动，才买了酒心巧克力给我，同时还有很多的大虾酥糖。

那天，哈尔滨的亲戚走了。我们吃了晚饭，我开始问"哈尔滨在哪里"的问题，我妈马上在地图上指给我看。我记事开始，家里就每年都会挂两个地图，一个中国地图，一个世界地图，它们并排贴在炕边的墙上。吃了晚饭，我爸妈经常会带着我和妹妹看地图，虽然我们在地寒天冷的地方生活，可对于故乡之外的地方永远好奇，尤其是"关里"。

有时候我们会在地图下下象棋。那时候电视信号很差，每次看电视都要调整天线，电视屏幕里有时候只有雪花点，除了在昏黄的灯泡下看书，就是下象棋这个娱乐项目了。我们四口人，一副象棋，只能打擂台赛。我和妹妹先来，赢的人和妈继续战，再之后，是父母一直下棋，我和妹妹在旁边看看了。在比较少的美好的记忆中，无论是地图，还是象棋，都弥足珍贵。

我有个电视机造型的储蓄罐，大约八〇后记忆里都有的那种墨绿色的储蓄罐。里面放满了一分、五分、一毛、五毛的毛票，是属于我和妹妹的财产。那时候物价低，冰砖五分钱，雪糕一毛钱，听到外面有人吆喝"卖冰棍了……"，赶快跑出去买两根。有时候随着吆喝声，卖冰棍的人已经走远了，我们要判断下他走了哪条路，然后一溜小跑追过去。

大日头下面，全部的世界都被明晃晃的光笼罩着。天空瓦蓝瓦蓝，却一丝云也没有。热烘烘的气息从地面蒸腾，炙烤着一切。只有那几棵老榆树，密密扎扎的树叶子，噼噼啪啪地摆动，像在扇走燥热的风，只有树荫下有点凉意。

跑了一头汗，追上卖冰棍的，掏出一毛钱，买了两根棒冰，一个给我，一个给妹妹。回去的路上却舍不得吃，可没几步路，冰棍就开始融化了，冰棍纸轻轻一撕就掉了。赶快去舔流下来的糖水，有时候动作太慢，走回家棒冰已经融化得差不多了。

路边是傲娇盛开的花朵，路边的人家门口的波斯菊、金盏花、凤仙花、美人蕉，我们土话叫扫帚梅、臭菊子、芨芨草，美人蕉好像还是叫美人蕉。红的血红，黄的娇黄，就算是小花小朵也开得盛极一时，串串红、土豆花、大烟花（虞美人）都站在大日头下晃晃悠悠。平时，我会去摆弄它们，摘个花瓣，薅个草叶。或者就是蹲在旁边看看蚂蚁，逮个叫绿豆娘的好看蜻蜓。可是拿棒冰的时候，我真是一点儿都没空，没时间理会它们。就算飞来了蓝色的蜻蜓，也不行。我没时间啊，我的棒冰要化了啊！

大热天里，吃上一口最土的白糖棒冰，又甜又凉的感觉瞬间击中全身心。那种幸福感，仿佛拥有全世界。

我们阔气的时候，也会买一毛钱的雪糕。又绵又软又甜又充满牛奶香气的雪糕，朴朴素素的雪一样的颜色，一样的质地。咬上一口，幸福感翻倍。雪糕容易融化，必须跑得快才行。

说起雪糕，我印象最深刻的是"安达"雪糕。那一次，姥爷带我去"老家"看看。我第一次去省城哈尔滨，第一次乘了长途的列车。列车停在安达站时，姥爷说这个地方的雪糕特别好吃，他从车窗探出头来，向站台上的售货员买了一支雪糕给我。可想而知，对于年幼的我，列车上能吃雪糕是多么的惊喜。直到现在，那还是我心目中最好吃的雪糕。

我老家地处沃野千里的松嫩平原，遍地是肥沃的黑色泥土，遍地是草甸子，有密密扎扎的松树趟子，也有很多长着眼睛的白杨树树林，野地里开着黄、蓝、紫各式各样的野花，和一望无际的野草。头顶永远是瓦蓝的天，风可能会很大，也会刮得你东倒西歪，可那里适宜饲养奶牛，能产出最好的牛奶，所以有美味的雪糕，一点儿也不稀奇。

我还年幼，车窗外是不断变换的风景，水泡子，草甸子，松树趟子……我姥爷，那个始终板着脸的老人，笑眯眯地看着我吃一个雪糕。那时候，他也是幸福的吧。那天的风很暖，从车窗外吹进来，我现在似乎都还能感受得到。

我家里有个长方形的铁皮饼干桶，一般情况下，这个桶里都会装着零食。我妈每个月发工资，一定去综合商店里买一饼干盒的点心。小饼干、炉果儿、桃酥、江米条、绿豆糕、大白兔、话梅、橘子糖……一盒子装完，不管啥时候吃完，想吃还要等一个月。

有时候，饼干盒子空了。我和妹妹就倒扣下盒子，把里面的饼干渣倒出来，吃个干干净净，然后就要问妈了，啥时候开工资啊。后来，姨也工作了。姨总在关照我和妹妹，所以每次开工资，她也会买很多零食放在我的饼干盒子里。

现在想起来，那些零食粗陋，谈不上美味。炉果儿永远硬硬干干，咬一口感觉牙齿都要硌掉，吃起来更像是小老鼠，嘎吱嘎吱，咬得吃力。好在炉果儿在口腔里翻滚时，总是甜的，还带着一种烤面粉的香味。绿豆糕就别提了，永远是噎到嗓子眼儿，不喝点水都吃不下去。绿豆糕这种东西，还是要像我姥那样吃，碎渣渣泡水，吃得便利，口感也好。桃酥好像味道最好，芝麻和面粉的香里带着甜，够酥脆，所以买了桃酥的那个月，零食吃得特别快。

再后来，门口的食杂店里小零食也多起来了。巧克力瓦夫、麦丽素是我们特别爱的零食。我们也大起来了，有了自己的零用钱，遇到"富裕"的时候，是一定要去买的。

而今物流发达，在"某宝"上可以买到一切想要的东西，我怎么会忘记我曾经钟爱的酒心巧克力呢？当快递来的秋林酒心巧克力到手的时候，你知道吗，我特别激动。虽然是一大袋子，不是印象中的礼盒装，我还是迫不及待地剥开一块放在嘴里。甜还是甜的，只是味道根本不高级嘛。赶快剥开一块给女儿尝尝，她咬开巧克力就直接吐出来了，说是从来没吃过这么怪的巧克力，太难吃了。是啊，女儿的零食永远吃不完，她怎么会喜欢这样的甜呢？

正写着，一个东北小老弟突然送了一份惊喜给我。打开一看，是一盒子东北大米，加上一袋酒心巧克力，名牌，是秋林产的。或许每个在东北长大的孩子，都曾有过一个关于酒心巧克力的甜蜜记忆。只是而今，它们并不能让我们轻易幸福了。

水果是甜的

东北地远天寒，能吃到的新鲜水果也特别少。苹果、橘子、香蕉、菠萝是比较常见的水果，多是外地运来。本地虽然日照足，黑土地肥沃，却只产沙果、李子、杏。若邻居家的樱桃树还结果，那么我们总能吃到樱桃。这些水果，无一例外的酸，只有沙果能稍微好一点儿，酸中带甜。洗干净一铁皮盆，总能吃上好几个。

小时候，我几乎没吃到很甜的葡萄。本地产的葡萄，是蓝黑色的，透点紫黑，总之是很深的颜色，个头不大，比大拇指大点。中秋节前后，本地的葡萄上市了。不管你多么兴冲冲地去买葡萄，其结果也是酸。酸得让人下不了口。所以很长时间内我一直认为葡萄就是酸的，直到很多年后我见到了巨峰，遇到玫瑰香的时候，惊为天人，除了甜，原来葡萄还是有香气的。

除了酸的水果，西瓜、香瓜、西红柿，都是顶甜的。可惜这些，只有夏季才有。西红柿不仅是蔬菜，也当水果吃，东北人管西红柿也叫柿子。到了柿子熟的季节，去园子里，挑成熟的红色的摘下来，用自来水洗干净，用来蘸白糖吃。有一种柿子永远都长不红，绿绿的却一样好吃，我姨叫它——贼不偷。这是一种绿柿子，成熟的时候，捏上去有点软，表皮略微有点黄绿色。吃起来，和红柿子的口感一样。

到了冬天，除了冻梨、冻柿子(不是西红柿哦)，还有冻苹果，因为它比鲜水果便宜，甚至我们还吃过冻橘子。

毫无例外，这些冰冻水果都很廉价，一般就放在脚下卖。冻梨冻得梆硬，不小心碰到，就会骨碌碌滚到路面上，被冰雪覆盖的路面冻得瓷实，和冻梨一样硬。用秤盘子撮起来，像端着一堆小铅球。你真的不要怀疑，一个冻梨甩过来，绝对要出大事的。讲实话，我从来没喜欢过这些东西。好凉，好冰，就算在热烘烘的房间里，吃上一个也会冻到心里。

冻梨冻柿子好像是东北冬季里的标配，至少三十年前是那样的。东北鲜水果少，冻梨冻柿子存放的时间久，而且也特别的甜，重点是价格非常便宜。

屋子里暖融融，吃冻梨冻柿子非常有仪式感，几分钟内让你体验"冰火两重天"。必是拿一个小铝盆，盛上水缸里舀出来的透心凉的自来水。然后从冰天雪地的房门外面，捡几个冻梨冻柿子，一股脑地放到小铝盆里。不一会儿，黢黑的梨和橘红色的柿子上就结了一层薄冰，这时候用小铁勺敲上去，冰就碎裂开了。这是孩子们都喜欢的游戏，小碎冰放在手心里，渐渐融化了。盆儿里的梨和柿子也渐渐从硬邦邦变得软了。孩子们开始上牙咬了，第一口，真冰啊。再一口，居然有冰碴。再来再来，软绵绵的果肉甜丝丝的。让人吃了一个，还想吃。冬天里吃不到新鲜水果，冻梨冻柿子是最经济的水果了。

这些廉价、粗糙的食物是我对甜的最初印象，所有的甜都曾温柔地安慰过我。让我在很多的矛盾、不安里，得到一点力量。

拔丝地瓜和锅包肉

壮实彪悍的东北人，很可能内心都住着一个"小公举"。为什么这么说，东北人爱吃甜食。五大三粗，光头戴金链子的文身大哥，带着穿貂的剥蒜小妹儿在烧烤店里撸串，很可能会突然对服务员说，给哥茶水里加点糖。

这个糖就是白糖。没错，在东北，人们喜欢往茶水里放白糖。喝的茶也是红茶混着茉莉花的居多。尽管不讲究茶道、茶艺，可茉莉花这种浓郁的香气似乎是少不了的，同时，还有糖。很多东北小店，茶水都是甜的。很多人家里，泡茶也会加糖。至于奶奶、姥姥带孩子，白糖和在绿莹莹光亮亮的粥里喂给孩子，更是天经地义。

东北菜重油、重味、重盐，也离不开甜和酸。至于很多人说东北人爱吃辣椒，其实马马虎虎吧，也能吃，未必特别爱。东北人泼辣，食物的味道厚重，层次却也丰富。不过主打的层次是"香"，很多年前我根本不知道"鲜"是什么味道，味蕾异常迟钝，被各种油而香咸的菜遮住了味觉。

但是甜，是我们都爱吃的一种口味。

东北人爱吃凉拌菜，就算数九寒天也要吃家常凉菜。家常凉菜一定要酸甜口的，凉拌萝卜丝也是糖醋一起拌的。醋熘白菜、番茄炒卷心菜算不算甜的？东北人的酒席大菜锅包肉、拔丝地瓜、熘肉段、酥黄菜都是裹着糖的。

大菜当然只有过年过节或婚丧嫁娶的酒席才吃得到。锅包肉、拔丝地瓜基本是每个人都爱，大约深藏于东北人童年的甜蜜记忆中。可是能够制作这两道菜的技术却并不家常。

在我家，我姨和舅妈很擅长。每次年节，家里二十多口人聚到一起，一定为孩子们做上一大盆。这两个菜的特点都是过油，以及炒糖。油温、炒糖的技术要求都极高，要保证这肉是不是外脆里嫩，这糖丝是不是能拉得出。但凡这两道菜出场，必定是喜庆和团圆的日子，平日里轻易是吃不到的。可这样的日子一年才有几次？大约就是吃的次数少，所以这两道菜尤为珍贵。

我小时候的印象里我爸会煮饭，但是煮的不多。大约是日子辛苦，也没有力气突破或者追求，美味根本不值一提。在那些父母还年轻的日子里，灰扑扑的生活，就像始终走在严冬里，路远寒冷，根本望不见尽头。

孩子要读书，家里开销也大，爸去租别人家的地来种。每一寸土地，都生长着赚钱的希望。可菜是真的卖不上价格，尽管一车车地拉给蔬菜贩子，也只能得到几张轻飘飘的毛票。夏季里，爸去菜场贩卖蔬菜。妈是不愿意去的，最初是怕遇到单位里的同事，后来种植的蔬菜太多，只能拉去批发市场。再后来，妈和爸一起干所有的农活，人手不够，人手总是不够。后来妈雇佣很多单位里的下岗工人，那是一些比我们还缺钱的人。除了力气，他们什么都没有。租来的黑土地，望不到际涯，埋葬了他们那些年所有的汗水和不被人看到的泪水。而我却居然从来没有去过，草根家庭对女儿最大的宠爱就是不要她干活吧。

那是一些我不想回忆的时段，爸妈脸上难得见到笑容。生活像是拿着鞭子的恶霸，不停地抽打他们，风刀霜剑，都刻在他们的脸上。我至今，很怕看到那时我父母的照片。在一群亲戚里，他们那种毫无希望的眼睛嵌在黑瘦的脸上，生活曾把他们摧残到只有悲苦和辛劳，人世间的享乐在他们身上仿佛按了暂停键。

可他们两个人居然从来都不抱怨，有多少钱就省多少钱，能办什么事儿就办什么事儿。他们在心里默默制定的目标，都要踮起脚尖来，伸手去够。太高的高度，就算了，但追求总是有的。

生活是如此残忍，可我们都没有放弃过对生活的希望。

我们一家人应该是幸运的，命运终于对我们露出了笑脸，所有付出都得到了应有的回报。十几年的劳苦种植，还是得到了甜的果实。我们根本不应该有任何一点儿抱怨。

我毕业没两年，我和妹妹用手里仅有的一点儿钱，在北京五环以外按揭了一套很小的房子。那时候我们都很穷，也都刚刚买了自己第一套房子，那种很郊区的小房子。每个人手里的钱都少得可怜，甚至不够买一只名牌包。可我们还是出手了，和被贫穷曾伤害过的人一样，我们对名牌包还没有需求，可置办一套房子却让心里踏实。

那是一套长在莲藕田边儿，面对养牛场的小房子，那是建在公交车始发站点的小区，也是当时我们唯一买得起的小房子。这个小房子让我的父母终于有了安身之所。生活的转变，唤醒了深藏于他们体内的种种活力。远离生活的艰辛和劳累的生活，让我爸突然成了烹饪高手，他做的菜不输给饭店里的大厨。贫穷会让人失去很多能力的，比如烹饪。小时候，我家里从不吃牛羊肉，理由是我爸不吃。等我长大了，家里宽裕了，我爸依然不吃的牛羊肉，家里却经常吃了。而且都是我爸烹饪，他的确不吃，但是他炒的孜然羊肉，或者炖的牛肉西红柿味道都很好。

现在，每次我们回家，他必煮一大桌饭菜，锅包肉、拔丝地瓜对他来说都是小菜一碟。猪肘子、大肠、猪蹄、猪肚、鸡爪、鸭掌、牛肉、羊肉……样样都能卤，件件都会料理。

我爸也喜欢去外面吃，他的口味比较重，所以川菜特别对他的脾胃。每次他吃到喜欢的新菜，一定会回家复制，就算是他不吃的羊肉，也能爆炒得和饭店里一样。除了他喜欢吃的菜，他还会做我们喜欢吃的菜，尤其是两个外孙女，烹饪甜食是必须有的手艺。和他相比，一贯手脚勤快的我妈，渐渐被赶出厨房，原因是煮菜味道太差。

需要过油的锅包肉、拔丝地瓜已从酒席大菜变为家常菜，因为他们有足够的时间来烹饪，也有足够的油可以浪费。滋啦啦的里脊肉在油锅里翻滚的时候，两个外孙女就在客厅里翘首期盼了。地瓜可以油炸，苹果、香蕉、山楂、花生也可以同样处置。

里脊肉炸到恰到好处，捞出来。胡萝卜丝、香菜叶、用糖浸过的姜丝、酱油、醋炒上一炒，甜味、香味，一丢丢儿辛辣味融在醋酱汁儿里，哗啦一声盖在炸好的肉里，全家人拿着筷子翘首期盼，马上都眉开眼笑了，顾不得烫，赶快来上一口。外酥里嫩，酸甜可口。

不管是苹果、香蕉还是地瓜，只有裹上糖丝那一刻，才能真正升华成为一道菜。每次我爸把这道菜一放在桌上，就马上倒上一碗凉白开。一桌子的筷子都在拔丝地瓜里，有人忙着拉糖丝，有人忙着拍照，有人迫不及待地品尝甜蜜。这道菜最大的意义，就是那时那刻的喜乐。

锅包肉、拔丝地瓜都是有点烹饪难度的菜肴，我好像没这个天分。不过，这两年我终于会做一两道女儿喜欢吃的菜了。有一道菜拿手，很甜，是女儿尤为喜欢的——可乐排骨。烹饪技巧几乎为零，像我这样不下厨的人，也能烹饪。

做得出和做得好吃是两回事，我的确经过了很多次尝试，最终让排骨变得软，变得甜，变得让孩子喜欢吃。这其中过程略微曲折，那些焦掉的排骨、烧黑的锅子都可以证明。

苦练这道菜，我是有私心的。我希望很多年以后，我女儿也会提起妈妈的拿手菜，提起这道甜甜的菜肴。这是我传递给她的信息，关于父母的爱，都在这道菜里。

感谢那些甜。

酸

　　酸不止是一种味道和气味儿，也是一种体会。酸会刺激味蕾，让食物变得更有层次。寡淡的家常菜，加点儿酸，就会生动起来，可酸加多了，再好的菜都不能吃了。那些平静的小日子，加一点点儿酸，恰到好处，会有些"酸甜"的回味，一旦酸加多了，总归是坏了味道。尝到酸之后，就要靠你自己了。毕竟酸会通往一个方向，酸甜或是酸苦，时间会告诉你答案。

大拉皮

大拉皮是东北最受欢迎的凉菜了。家里有啥蔬菜，黄瓜、胡萝卜、白菜、洋葱……不管是什么，反正品种也不多，切丝就好了，扔进大拉皮，放上盐、糖、醋、酱油、花椒油一拌，就妥了。

大拉皮爽滑，也有一点点韧性。东北人家，不论寒暑，都有这种制作简单、价格低廉，却清口的家常大拉皮凉菜。

当然了，大拉皮也可以热做。香菜、小尖椒、肉末，一起放热锅炒一炒，酱油滴两滴，喜酸的放点醋，热腾腾的一大盘，咸香辣，很下饭的。

吃谁都会吃，可制作大拉皮就未必了，大家都是菜场熟食店里买的。稀烂贱的东西，做做麻烦，买买也就块八毛的，谁都出得起。

小美就会做大拉皮。大拉皮好吃，可小美的故事有点苦。

第一次见到小美，我还是个十二岁的小女孩。小美大我十五岁，她要结婚了，新房就租在我家。

那是夏末秋初的一天，正是苍蝇蚊子疯狂想进入屋内的时候。太阳还是很大，而且穿透力很强，出门还是会晒到。可风吹起来，有点凉了。房门口挂着的帘子是废旧挂历做的，一个个两头尖中间鼓肚子的纸缠的"珠子"串成串，密密连接在一起，每次有人进门，"珠串"之间噼噼啪啪摔打在一起，发出声音。午睡的我，听到门帘子噼啪作响，走出屋子，看到走廊里的小美。

小美长得好看，虽说看着比我高不太多，可一件红色的连衣裙，让她格外精神。她看上去也比我大不了几岁，可长头发盘成一个高高的发髻，堆在头上，就让人知道，或许她年纪也不小了。

妈让我叫她小姨。

小美结婚需要租房，我妈知道消息，就请她来家里看看。我妈认识小美，因小美妈是助产士，我妹妹出生时正是她接生；小美爸是儿科医生，是我和妹妹生病常去看的医生。

小美是家里最小的孩子，上面还有三个姐姐。因是最小，父母疏于照顾，一生下来就寄养在农村的舅舅家。到了八岁，小美要读小学了才被接回来。小美跟父母和姐姐们都不亲近。小美虽和父母姐姐们就住在附近，可她打定主意，一结婚就要搬出来单过。

她想要一个属于自己的家。

她带着大红的行李，大红的窗帘，和一个彩色电视机来到我家。当大红喜字在窗户上贴好，小美的这个不到二十平的新家就算安顿好了。婚礼，我应该也参加了，从小美娘家接她出来，接到我家的东边大屋里。小美头上蒙着红纱，头发高高地盘起来，扎了一支红色的绒线大花，盘在黑发上，真是好看。

小美是个美人！明明二十七岁了，看着就像十七岁。她长得娇小，头发乌黑，长发到膝盖。小美的头发真美啊！因是太长，她总是盘在头上。

小美的丈夫小智，其貌不扬，个子不高，在东北属于矮个子的标准，可他能说会道，在铁路上有份稳定的工作。小智有点小滑头，手脚却勤快，爱干净，待小美也体贴周到，这大约是小美嫁给他的原因吧。

大夏天里小美洗头发，站在院子里水泥地面的大太阳底下。架上脸盆，盆里盛满了水，小智在一旁伺候着。手上提着水壶，水壶里添满了温开水。小美洗得满头泡沫的时候，蜂花洗发水的温香就散开了，小智赶快提壶替她冲泡沫，直到头发洗得干干净净。洗了头发的污水，哗的一声泼在土路上。

白色泡沫噗地盖住黄土，太阳真大，水渍一会儿就不见了。很多事情都是这样，那么美，那么好，可突然就不见了。太阳底下，什么都会蒸发。

小美的头发香喷喷的，垂到膝盖那么长。在太阳下晒着，梳着，小智在一边陪她聊天，真是一对幸福的小夫妻。

我常和小美玩，小美在一家国营饭店做服务员，工作不忙。小美手巧，经常帮我梳头发，各种辫子，各种盘发。小美待我和妹妹很好，这也是我妈把她招到家里的初衷。妈上的是三班倒的班，不能时时在家，爸忙着干活，很难按时按刻煮饭给我们吃，更不要说陪伴了。小美住在我家，我叫她小姨，她就照顾我们，而且照顾得很好。冬天里，她不会让我们挨冻，火墙子总给你烧得暖和；有她在，我们不会饿着，不管吃什么，也会分我们一碗。到了春夏，家里的蔬菜多，妈也从来不让小美买菜，家里地里长那么多，稀烂贱的玩意儿，一起吃呗。

夏天里，天长，日头落得也迟，晚上七八点钟，还是亮堂堂。天边的火烧云渐渐烧起来的时候，我们会在院子里燃一些草，杂草的烟气很大，白蒙蒙的，升在院子里的土地，用来熏蚊子。

接近房门的路面，早铺上了水泥地，打扫得干干净净。那些个夜晚，总会放着几个小凳子，和一个矮矮的小炕桌。小炕桌上是一堆切好了、流着汁水的西瓜；或是放着一碗白糖，旁边放了七八个半红不绿的西红柿；也可能是一堆香瓜，等你用拳头砸开，倒出瓜瓤，然后大口地啃下去，咔嚓一声，甜而脆。

小美、小智、我和妹妹，还有忙好农活的爸妈，就在院子里，享受夏日里的清闲片刻。这种时候，街里街坊都会过来串门，边吃西瓜，边闲聊。火烧云烧透了，天色暗下来了，西瓜吃得差不多了，我们才会回到房间。

我们家有三个房间，小智小美住一间，走廊对面是我和妹妹的房间，爸妈的房间在厨房边上。大开着门窗睡觉，和煦的风飘进来，风从房间里钻进钻出。离家不远有个小水泡子，里面的青蛙叫声此起彼伏。暑热渐渐散去，我们也都在阵阵蛙鸣中睡着了。

小美工作不多，小智休班的时候也多。他们想好好建设小家，想赚更多的钱。上世纪九十年代初，赚钱哪里那么容易？小美能吃苦，小智心思活络，他们打上了大拉皮的主意。

大拉皮人人都爱吃，制作工序也不复杂，他们还真是说干就干。一旦在家里做大拉皮，势必用厨房的时候多，可小美和我家共用一个厨房。小美很周到，和我妈先打了招呼，她经常要用厨房了。小美明理懂事知分寸，也是我妈真心喜欢她的原因。制作大拉皮，需要很多的土豆淀粉，然后放在我家铁皮大盆里，一勺子水淀粉放进盆里，用手摇晃盆，当水淀粉均匀铺满盆底，一张大拉皮就做好了。具体细节我真是记不清了，却唯独记得那样一个镜头：光线不甚明朗的厨房里，小美和小智猫着腰、低着头，用刷子刷洋铁皮的大盆子。那时，是秋天，自来水已经冷了。小美那双白嫩的小手被冷水浸得通红，小智一直在说："让我来，你别碍事，一边待着去。"小夫妻你敬我让，干活好像也和玩似的。

洋铁皮大盆里长出了一张一张透明的大拉皮，就像一张张不起眼的一元红色毛票。到底是辛辛苦苦地做出来，再一张张毛票密密扎扎地捆起来了，然后就攒起了蓬蓬勃勃的希望。

大拉皮不愁销路。小智娘是一个远近闻名的泼辣女人，小智有点随她的长相，眼睛小，眯眯眼也会勾人。小智娘在菜市场常年卖熟食，也包括大拉皮，小智拉过去，当娘的就帮他卖掉。

小美人甜，会处事儿，跑到很多饭馆里去推销。给大厨子送一包烟，给老板娘递块红纱巾，再加上送货上门，拉皮质量过关，小美又懂事又靠谱，哪有人不愿意呢？

小美和小智做拉皮，我们也跟着吃拉皮。做得不好看的，或者没法卖的，就都做了菜分给我们吃。好像，那时候，是我们吃大拉皮最多的时期。凉拌也好，辣椒肉末炒也罢，怎么吃都没厌过。就好像不那么富裕的日子，钱少也好、挨累也罢，总归还是好日子，总会过得下去。

妈说他们赚钱了。

洋铁皮盆里长出了希望，也迎来了他们的孩子。小美肚子渐渐大起来了，可她一点儿也不娇气，照样手脚勤快。小个子的小美啊，带着身子也没有休息过，还在摇晃洋铁皮大盆，摇晃出更多的钱，为了肚子里的孩子，大拉皮的生意根本没断过。

数九寒天里，提着大拉皮去饭店送货。就连我爸这种糙汉子，也不得不常常赞叹、佩服，说她是个勤快的好女人。

直到有一天，小美肚子疼，小智手忙脚乱。我妈指挥小智带着脸盆、衣物，一起送小美去了医院。没两天，小美抱着一个皱巴巴、脸红红的婴儿回来。她是小凡，小美向我介绍。小美的女儿叫小凡，名字是小美取的，她希望女儿平凡而快乐！还有一层原因，她和我一样喜欢看琼瑶剧，那时候很红的女演员，那个长大眼睛的美人叫俞小凡。小凡一定会平凡而快乐，多么简单的愿望啊，我想。同一个屋檐下，我们两家人就和一家人一样亲。我喜欢小凡，因为她是小美的女儿，因为我和她一起长大。小美和小智忙着赚钱，我和妹妹放学就带小凡玩。小凡长牙齿了，能走了，小凡会说话了，小凡要听故事了……在漫长的，看不到边儿的岁月里，看着小凡长大，好像是大家额外的一种希望，一件乐事儿。我们并不知道，未来会发生什么。我们两家人相互帮衬、支持，过得和乐融融。

　　小凡三岁的时候，小美单位难得组织去北戴河疗养，那是小美第一次离开小智。才两天不到，小智就和单位请了假，带小凡去北戴河找小美。为这个事情，我爸笑话他好久，无非是离不开老婆啊，贪玩啊之类。

　　一家三口一定在北戴河度过了非常美好的时光，他们回来的时候，小美带给我和妹妹两串贝壳项链。摸着一颗颗小贝壳，我们第一次如此接近大海。我还记得那张他们在北戴河带回来的照片，一家三口站在金黄的沙滩上，小智揽着小美，小美抱着小凡，笑得比阳光都灿烂，好像每个人身上都笼罩着金色的光。

　　虽然不富裕，可小美是幸福的。

　　后来，小美和小智不卖大拉皮了，他们有了其他的活计。洋铁皮大盆专门给小凡洗澡用，白胖的小凡，挥着藕段一样的小胳膊在大盆里扑腾，泼水花，叽叽咯咯的笑声能填满我们的家。

　　小美和小智的钱攒够了，小凡也四岁了，他们搬到地段很好的地方，盖了自己的新房。我和妹妹也在长大。

　　人搬走了，感情还在，我爸每年都买了煤给小美送去。入冬以后，小智都来我家，会带一大包水果、蔬菜。冬天里的蔬果躺贵，小智很舍得送给我们。逢年过节，他们也都来我家里，那时我心里经常偷偷念叨，小智和小美咋还不来呢？我想吃好东西了。

他们开了一家食杂店。小美长得好看，嘴甜，又比较大方，经常给买东西的人抹个零头，小店生意特别红火。再加上，小智和人合伙做了蔬菜生意，冬天里的细菜，小店里都卖，逢年过节，两口子忙得脚不沾地，生意真是好极了。

快过年了，小美特别忙，要进货要补货要卖货，小凡没人管，就放在我家；饭没人烧，我妈在家里包了饺子、馄饨，包好以后在室外冻好，让小智带回去，饿的时候煮了就能吃。

坐在火炕上给小美包饺子，我妈总是心情愉悦的，以这种方式帮衬小美，是我们非常愿意做的事情。一大盆酸菜肉馅、一大盆芹菜肉馅，我们一家四口分工明确，我爸擀皮，我和妹妹包饺子，我妈就负责揉面、捏面剂子。

包好的饺子整齐地码放在盖帘上，一盖帘包好，我和妹妹就端到屋外。寒冬腊月，朔风呼号，窗户上早就糊上了冰霜，房顶都是白霜，早冻住了，就连门把上也结着白霜，房门一打开，冷热对流，一团白色的雾气就腾地飞出去。雪还没有下，可外边已经冷得像冰窖了。

盖帘和饺子就直接放在水泥地上，没一会儿饺子就梆梆硬，像石头一样了。拿个塑料袋，一只只捡起来，一堆"石头"就装好了。两盆馅包好，装上几袋子，妈会骑车给小美送去。西北风刮得和刀子似的，妈全副武装，围着围巾，戴着手套。在一走一溜滑的路上，给小美送去。回到家的时候，睫毛上挂着白霜，围巾的口鼻处，也结上冰珠儿了。可心是热的，希望是热的，日子是热的。

小美没时间来我家了，但她心里还记挂着我们。给小凡买过年新衣的时候，我和妹妹也有份。我妈过日子仔细，我们大了，需要用钱的地方多，新衣服也会买，可是哪里有小美那么会买东西呢？小美买的衣服，舍得花钱，款式新潮，我们都特别喜欢。

我们不住在一处，可是我们的心气还在一处。在现有的条件下，每个人都走在轨道上，向更好的方向奔跑。

小凡五岁了，又是冬天，一个晚上，黑咕隆咚的，小智突然出现在我家，请我妈去跑一趟。很晚以后，妈回来了，看样子，不大乐呵。进门，扔下劳保手套，扯下围巾，也不吭声，她和爸关上门，一直嘀嘀咕咕，不让我们听到。

那一年，赶到过年去给小美拜年，我笑着说："小姨你瘦了。"小美眼泪就滚了出来，强作欢颜招待我和妹妹。小智很尴尬地笑笑就走开了。

小智做了对不起小美的事儿，而且是生意合伙人的老婆。东窗事发，生意停了一部分，他们的生活也进入了另一条轨道。

　　那个冬天的夜里，妈替小智劝了小美。看在女儿的面子上，小美既往不咎，只是迅速地消瘦，也不那么爱笑了。日子还得过不是吗？

　　接下来，每年过年前，小智都会突然被人暴揍一顿。记得那年，我和妹妹带着包好的饺子、包子去看小美。小智头上缠着绷带，只露出半个耳朵。小美的眼睛都哭肿了，却还是笑笑什么也不说。我们都知道是谁干的，爸妈都想帮助小美和小智，特意找过去"说和"，希望对方看在他们的面子上放过小智。那人一脸阴沉，半天只吐出一句"不知道"。一句"不知道"，堵回了我父母继续说下去的勇气。毕竟小智理亏在先。

　　忙忙碌碌的一年又一年，我们分开的第四个冬天，他们离婚了，并没有来告诉我父母。我们过了很久知道时，只剩下唏嘘。只是，那年以后小智再也没被人打过。

　　小美关了店，搬到市里去住了。我爸不用给她运送煤了，我妈不用给她包饺子了，我和妹妹也不再接受她的礼物了。她和我们断了联系。这世上，到处都有选择，随时都有取舍，一步走错，步步都错。

最初，我们都觉得小智会和小美复婚，可终究是个愿望。小智的身边没有断过女人，都是一些入不了眼的女人，甚至职业可疑，没有一个比得上小美。房子卖掉了，小凡跟着小智去了更小的城镇。小凡跟着小智，日子一点也不平凡。有一年，小智突然登门了。小智带着浓妆艳抹、一声不吭的小凡来我家，他是来借钱的。他说小凡成绩不好，想给她办个工作。小凡初中还没毕业，小智却要帮她找工作，妈也没怀疑，家里钱不多，给了一千多元，小智也没嫌弃少，钱拿上，就带着小凡走了。

没多久，妈听说小智停薪留职，到处借钱，跟着一个名誉很差的女人在做生意。为小凡办工作只是骗人的借口。妈找到小智，大骂他一顿，觉得他不该这样骗我们。小智也不还嘴，就说会尽快还钱。

关于小美的传闻总还是有的，总归过上了另一种日子。传闻中，她似乎变成了另一种面目。他们的生活离我们很远了。她心里一定记挂我们，就和我们记挂她一样。

后来，我们搬离小城，从此人海茫茫，音信全无。

拉皮是我们都爱吃的菜，就算一家人早就离开了故乡，可仍旧还是惦记这口故乡菜。每次吃大拉皮，总会想起小美。可终究，就算在饭桌上，我们对小美的记忆也是越来越少了。小美的大拉皮是一个让人伤心的故事，生活把小美带到了我们不知道的地方，这些年，他们三个人彻底从我们的生活中消失了。我们希望小美、小凡、小智，现在都过上想过的日子。

如同初见那天，小美刚来我家的样子，那么明媚的少女。门帘子噼啪响起来，穿红裙子的小美走过来，阳光耀眼，小美眼睛眯在一起，笑得真好看……

荔　枝

　　东北没有荔枝，荔枝罐头都没有，杨梅罐头是有的，和橘子、苹果、梨、山楂一样常见。在我小时候，多数东北人甚至不知道这世界上有荔枝这种水果，读书的人大约知道，"一骑红尘妃子笑，无人知是荔枝来""日啖荔枝三百颗，不辞长作岭南人"，还有杨朔写的《荔枝蜜》。

　　字面上看荔枝大约是美味的，可到底有多甜美能让"妃子笑"就很难想象了。没见过、没吃过的东西多了，哪里只有荔枝？见不到，吃不到的东西，对我们多数人的情绪并没有任何影响。

　　很多东西，没得到并不让人痛苦，可得到过再失去总会有些痛苦。

　　荔枝是只在书上的水果，它离东北铁路上的小城太遥远了。

第一次吃到荔枝，是中考刚刚结束，我去晓风家里玩。晓风刚拿到中等师范学校的通知书，一团喜气。和她一同习画的我，艺术课、文化课都是提档分，却因为区里仅有两个名额，未能被录取。

这张薄薄的通知书，写着晓风的未来，某所区小学的美术教师是她未来的职业。在小城，这是非常体面的一份职业，这是会被众多人羡慕的人生。落榜的我只是为晓风高兴，就连我妈妈也为晓风高兴。晓风需要一个安稳的未来，晓风值得一个安稳的未来，晓风是这世上最聪明、智慧的女孩。晓风是我最好的朋友。

七月底，天气热，老榆树都无精打采地站着，没有一丝风吹过。我骑着蓝色的永久自行车，一路从家里踩到晓风家里。我没什么事儿，只是想见见她，两个人聊天也好，不聊天也好，一起发发呆，打发漫长的假期。那时候，我们都觉得日子太长，未来太远了。

推开晓风家的绿色纱门，隐隐听到有人讲话。走进去，看到晓风和大冰哥。

半年前，晓风告诉我，她在区里文化馆找了一个美术老师，教她画画，让她能通过师范美术生的考试。这件事儿让我动了心思，觉得自己也要试试。于是，我让晓风带我一起去学习画画。

这件事儿，被晓风的妈妈狠狠骂过，问晓风为什么要再让自己多一个竞争对手。那时，我大约还像一个不错的竞争对手。

我和晓风，在杨老师的画室里，安下心学画画。为了同样的考中专的目标，我们既是竞争对手又是好朋友。

杨老师是小城文化馆里的一名美术老师，是个长发飘飘的男青年，常穿着松松垮垮的宽大衣服，气质上非常艺术家。杨老师家里的卧室，挂着他老婆——青青姐的裸体画像。一般人看到这幅画，都会吓得不轻。晓风的妈妈也多次嘱咐我们，千万不要做他们的模特。在闭塞的小城里，杨老师画班的氛围不仅前卫，而且充满理想色彩。画班里是一群中考、高考的孩子，每个人都为了未来努力。在小城，大家条件都差不多，多是家境清寒的穷孩子，没有谁有后路可退。每个人都拿着父母积攒下的有点昂贵的学费，破釜沉舟一般的努力。对很多农村孩子来说，考试失败多数要回去务农，可拿惯画笔的他们又有几个人能接受这种结果？学画是有点昂贵的，且不提杨老师每月一结的学费，就说画笔、染料、画纸、松节油、橡皮泥……哪样不用钱呢？画室里的孩子们，为了中考，为了高考，都是带着微茫的希望，心无旁骛地学习、再学习，毫不留心其他人到底在做什么。如果真的留心，那就是其他人是不是画得比自己更好，这些未来的对手们是不是又变强了。

充满松节油的空气里，小录音机回荡着齐秦、崔健的歌声。"我是一匹来自北方的狼，走在无垠的旷野中……""我要从南走到北，我还要从白走到黑……"各自画着面前的画，各自唱着口中的调儿。恶狠狠地吼着摇滚乐，也像唱出自己的内心戏。奋斗很苦，披星戴月地往返在画班和学校之间，可我们知道奋斗之后，结出的果实会是异常的甜。大冰也是杨老师的学生，他大我们八岁，是个退伍兵。大冰哥生得不错，模样英气，身材也板正，更可贵的是他是个温柔又阳光的小伙子。和我们惯常见过的不读书的东北人相比，自带一股书生气。

大冰哥曾参加过高考艺考，他的目标是"鲁美"。那时，所有画画班的孩子，大学目标都是"鲁美"。鲁迅美术学院就在沈阳，离我们家并不很远，看得见，够得着，踮踮脚可能就够得上。也有些人执意要考中央美术学院，可真的考上的却很少。

大冰哥高考第二年也落榜了，然后他义无反顾地去参军了。毕竟，退伍回来，还能分个工作，养活自己没问题。可艺考，有时候就是够不到，不管你怎么努力。

大冰退伍回来，一时间没有好的工作，他还是爱画画，就常在杨老师画室里帮忙。一来二去，我们都熟悉了。

大冰哥是识时务的人，和他同期的同学有一个居然参加了七次高考，每一次都选最好的学校，比如中央美术学院。可每一次文化课和艺术课总有一门分数不够，最终连兵也当不成。艺术家都是癫狂的，可让人癫狂的还有那爱恨交织的生活。那些艺考失败的负面案例，就生活在我们周围。我们都没见过，可听闻仿佛更让人警醒。

　　除了让自己通过艺考，我什么都不想，这和画班里的其他人一样。我画得并不好，我只学了两三个月，可晓风早在她妈妈的规划下，学了很多年。那一年，杨老师有三个学生参加中专艺考，我确实底子最薄。我不管晓风，我不管任何人，我只是希望进步。只是每一次进步都很艰难，很多的进步不止靠天分，也需要时间的积累。时间可以让一枚青柿子慢慢变红，变得柔软，变得能够入口。可我，那时候，还是硬邦邦的一枚青柿子。

　　晓风是我的好朋友，她常常劝我："你信我，你一定会画得更好，走得更远，你一定比我走得远。"

　　第一次她这样说，是一个没有月亮的暗夜。从画班出来，天冷了，墨黑的夜里，只有一盏盏橘色的路灯闪着温柔的光。晓风一字一句，郑重其事，我不过是冷笑而已。我心里很慌张，可是又不想自损气势，于是一句话都不讲。自行车压在碎石子路上，吱吱嘎嘎的声音，好像碾压这寒冷的夜也摩擦出了火花。那时，面对未来，我们每个人心里的夜，总是黑沉沉，可总会被一星半点的事儿击打出些声响，然后会有一些念头冒出来。

东北小城，冬天里真是冷。每天五点多下课，我戴着帽子手套，穿着大衣，吭哧吭哧骑上自行车跑去画班画画，画到晚上九点多，再从画班回家，写初中里不少的作业，真的很辛苦。我至今记得，我妈在北方冷飕飕的黑夜里，跨越大半个城市去画班接我的样子。母女两个骑着自行车，都感觉好累，但是却都是为了一个目标而努力，很有奔头。哪怕你星月无光，我也要杀出一条血路来的劲头。

那时候，我怎么听得进晓风对我说的话呢？为了向一个目标接近，我除了全力以赴，对其他的事情毫无感觉。沉浸在对艺考最后冲刺的我，怎么会顾忌到周围的人和事儿？就算在晓风家里见到大冰，我还是毫无概念。

停好自行车，走过院子里一方水泥路面，一阵阵的热烘出来，我推开房门径直走进去。阳光钻进走廊的绿纱门投在暗凉狭长的过道里，我看到很多细小的灰尘在飞舞，闪着金色的尘埃。我倚在西屋的房门边，整个人就站在走廊金色的尘埃里。

晓风和大冰在房间里摆着一组静物，苹果、香蕉、陶罐，居然还有两颗荔枝。淡蓝色的衬布，大冰在整理衬布的皱褶。

大冰穿着白衬衫，和一条军绿色的长裤。挺拔清爽。

晓风那天穿了一条素色的格子连衣裙，头发没有束起来，就那么披在肩上，好像也不觉得热似的。那一天她没戴眼镜，她肤色白，白得没有血色，苍白，只是睫毛长，眼睛大，当时她瞪大了眼睛，拿着水粉颜料对着那组静物发呆。

都这么熟了，谁会刻意地寒暄？

"好啊，你原来在偷偷练习，怪不得分数比我高那么多，原来大冰哥在帮你！"

"大冰哥，你真偏心啊！"

倚着门，我抛出好几句话，每一句都比那天的温度高。那么高的太阳，都热不过我。我心里热烘烘，有点嫉妒吗？嫉妒这个已经拿到通知书的女孩，气愤自己白折腾一场，反而耽误了中考的成绩？

晓风慢慢地走过来，大眼睛注视着我，还是非常诚恳地和我说："你信我，你一定会画得更好，走得更远，你一定比我们所有人都过得更好。"

大冰哥拿了两个荔枝来，递给我。让我尝尝，希望我能闭上嘴。

"哪里来的荔枝？"我问他们。

晓风说是大冰托战友从南方买来，再通过铁路上跑车的战友运回来的。只要两天两夜，荔枝就从遥远的，我们没去过的南方运来了。"一骑红尘妃子笑"啊，我脑子里突然就闪出这句诗，却没有开口。

荔枝壳的颜色发黄了，味道却还在。甜腻而香，就算那凹凸不平的壳也掩盖不了。那香气我第一次接触。咬开赖赖巴巴的硬壳，莹白的果肉就出来了，放在嘴里，真是甜，一种我没有吃过的甜。又甜又香，可我心里却又苦又涩。

我第一次吃荔枝，晓风和大冰也是。

大冰的战友都有工作，可大冰还没有。

我要去读高中了，我能考上大学吗？

吃了荔枝也并没有让我心情好起来，我很快离开晓风家。我万分惆怅，艺考失败，我注定要去读高中，参加高考是更加艰险的一条路。未来一片茫然，才让人更加忧虑。而晓风，一个区里的美术老师，显然未来光明得多了。

妈在做午饭，她问我为什么这么快回家，没在晓风家多玩会吗？我告诉妈，荔枝和大冰，我终于知道晓风为什么美术分数那么高了，是大冰一直帮她补习。

妈却说我是个傻孩子，什么都不懂。

高一的时候，我和晓风分开了，她去外市读中专，我在本市磕磕绊绊地读高中。没多久，晓风在来信中告诉我，她和大冰的恋情。我捏着薄薄的信纸，那一刻才明白，妈为什么说我傻。

那年国庆，大冰去晓风的城市看她，他们去郊区的芦苇荡里玩，风吹过芦苇，满世界都是一片金黄。秋风萧瑟，吹皱一泓江水，阳光却温柔地抚摸着每一个生灵。走进芦苇丛路过一个小水塘，晓风走不过去，大冰背上她，就能走过去了。

两张信纸，字里行间，是晓风娟秀又不失风骨的字，全部都是恋爱的少女的甜蜜。我仿佛也看到了那一片金黄的芦苇荡，初秋的蓝天，有最开心的晓风和大冰。哪怕秋风已冷，可两个人在一起，总是最暖的了吧。我在重点高中，被现实碾压得悲观又绝望，一心苦读却看不到希望，还是跟妈说了晓风和大冰的事儿。妈说："早就说你傻，在杨老师的画班我就看出来了。你看吧，大冰的工作也有了着落，可能会进水利所。"

"水利所？晓风妈妈是那边的领导呀。"

"你还有救，总算想到了。"妈笑着说我。

大冰家境一般，父母都是老实巴交的工人。只凭能力和才华，在处处都讲关系的小城，想找一份称心的工作，谈何容易？大冰什么时候和晓风确定的恋爱关系，到底是什么契机促成他们的恋爱？我也没有细想过，晓风是个好女孩，值得一个最可靠、有才华的青年的爱慕。有人喜欢晓风，真的不需要惊讶，她毕竟是那么好。

大冰在水利所做宣传干事，出版报、写文章，真的非常适合。

一切都朝着更完美的方向，晓风有了称心的爱人，而大冰也有了近乎完美的理想工作。我始终觉得，晓风和大冰的未来，就像那些长途运输来的荔枝，几经辗转，终归收获了甜蜜。两个人唱歌、画画、读书、写字，还真是让人羡慕呢。

我和晓风渐渐来往少了。高二分了文理科，我拼了一口气想证明自己能学理科，留在理科班垫底。我的冬天始终漫无边际。只是偶尔会想大冰还会托人给晓风带珍贵的荔枝吗？

第三年，晓风给我一封很厚的信。大冰离开了晓风，要和水利局局长的女儿结婚了。

厚厚的一封信，除了伤心，只有那年冬天里的白雪，寒冰，冷气。

没有电话的年代里，我写了一封"见字如面"的信来，告诉她，寒假时我去看她。见面是过年时，家家户户喜庆欢乐。那天并不冷，零下十几度的样子。天色很蓝很蓝，空气洁净又清新。我到晓风家找她，她披了白色羽绒服出来。晓风白着一张脸，穿着白色羽绒服的她真是洁净，白色羽绒服居然没有半点污渍，更别说画画染料颜色。

晓风是这么要洁净、爱纯粹的人啊。

满街苏联房子，黄的墙，绿的屋檐，都挂着霜雪。可每户门前都贴着通红的春联和福字。此起彼伏的爆竹声突然就响起来了。春节就是肆意的日子，好像每个人都没有过去，也可以不管未来。在喜庆里放逐自己，可以喝大酒、吃大肉，通宵不睡觉，连天打麻将。可以舍得花钱，可以不按作息。而我陪着晓风，只是想大哭一场。

我们在冻得瓷实了的雪地上慢慢走。柏油路上是压得薄薄的一层冰雪，有脚印和车辙印上的乌黑印记。

白色的雪和黑色的泥，每个冬天都是这样，这世界也是这样。任凭雪白雪白的雪，总是会有泥土染上。路有点滑，我让她慢一点。她说没事，"我很好"。我穿着红色的羽绒服，原本也是喜气的年节模样，听到"我很好"三个字，居然泪水就出来了。少女们的见面还真的是简单，我只会蠢蠢劝她，不得要领，她泪也流下来，说没事，就是想跟我哭一哭，哭完就好了。

晓风素白的脸上，睫毛很长，泪珠就粘在睫毛上，实在忍不住才滚下来。远处的爆竹声炸起来了，很多穿新衣服的小孩子热热闹闹地涌过来，孩子们满面的笑，听到笑声就知道了。我们也闻到了火药炸开的味道，那味道有点熟悉，又透着喜悦，虽然我们脸上的泪还没干。

晓风在外读书期间，一直和大冰有联系，你来我往，通信频繁。寒暑假里他们也见面。和恋爱中所有的女孩子一样，晓风也会时常发下小脾气，大冰哄一下就又好了。记不得从哪一天开始，通信渐渐少了，晓风去信，大冰回信少，大冰也不大去另一个城市看晓风了。晓风从没有怀疑，直到有一天，突然听到大冰要结婚的消息。

毫无预兆，毫无预兆！

街道上的鞭炮此起彼伏，轰轰烈烈，火药的味道被风吹过来，热辣辣的气味。

我们虽然年少却并非无知，在遥远的二十年前，在小城里遇到"贵人"完全可以让生活得到质的改变。大冰会有更好的未来，我们甚至不能坏心眼地不祝福他。

都在小城，大冰和晓风还是相遇了。当大冰再遇到晓风的时候，只是说了一句话："你别恨我！我妈希望我能找个腿脚好的……"大冰想说出口的话，晓风没有让他说出来。晓风对大冰说她不恨任何人，只是自己命不好罢了。

大冰调离了水利所去了更好的地方，我们从此以后再也没了往来，大约我们都不关心他了吧，就任凭他从我们的生命中消失了。

认识晓风的时候，我五年级。晓风是个转学生，性格孤僻，脾气倔强，有点难以相处。我们爱好相同，性格一样，在一起看书画画，度过少女时代很多好时光。六年级的夏天，我骑自行车去她家找她，她用放大镜烧柳树下的蚂蚁。我们的视力都有点问题，是被父母要求少读书、多运动的孩子。那天，我们偷拿了晓风爸爸的钥匙，打开了仓房里书柜的锁，我带走的是萧乾的《梦之谷》和一本《精神病症状学》。这两本书，过很久我才还给她。

她恨恨地"控诉"爸妈，他们不让她看太多的书，怕近视加深。她痛陈妈妈幼稚，居然把《少年文艺》的封面撕了。她说你知道那个封面吧？

我知道，我也订了《少年文艺》，封面是大卫的裸体雕像。

晓风是个跛脚。我从未觉得她有什么缺陷，但在小城，跛脚是个特别大的缺陷。晓风的父母，想为晓风安排好一切，一切的一切。想给她最妥帖的保护，不让她沾染任何一点他们不想看到的习气，一直都这样。

初中三年，我和晓风同校不同班，可我们常混在一起。放学时，晓风骑了自行车和我一起回家。晓风身材和我差不多，一辆二十四寸的绿色的飞鸽就是她的坐骑，她常常会蹬得飞快，好像不在意危险似的。严苛的妈妈，和叛逆的少女，大约只有在这些细节上，晓风才会小小地反抗一下，出格一下。

下小雪的晚自习，我们骑自行车走在路上，橘色的路灯下面飞舞着的细雪飘飘洒洒。我们两个人戴着厚厚的针织帽子，围着暖和的围巾，还是会傻里傻气停下车，不惧寒冷地看看橘色光芒下，飞舞的金色的细雪。看雪时，我们也会说些傻里傻气的话，也会笑得很大声。

春天时，我和晓风会去体育馆，那边有一棵很大的紫丁香。那是小城里难得找到的一棵会开花的树。东北地寒，杨树、榆树、柳树、松树，都是长绿色叶子的树，能开花的特别少。丁香就更显得珍贵，紫色的烟云，以及有穿透力的花香，浪漫又美丽。我们执着于找个五瓣儿丁香，传说会带来幸运。在灰白色的北方大地，在绿意不明显的春天，年少的我们都曾爱慕过更馥郁的芬芳，更有生气的春天。

晓风和我一样，喜欢美和浪漫，喜欢去更广阔的地方看一看。在灰扑扑的小城里，我们常年穿着袖口领口磨了边儿，洗得发白的衣服，但都有过瑰丽的梦和鲜活的青春。

很多和晓风在一起的画面，多年后仍历历在目。

艺考只有两个名额，晓风不属于"身体健康"这样大而阔的一个概念。不管是我，还是我妈，我们都希望晓风能读上艺专。只有那样，晓风才会有个适合自己的妥帖的生活。

艺考时，体育占三十分。当教练枪声响起来的时候，我和妈看着晓风，她一瘸一拐地倔强地从起始走到终点的时候，我心里流满了泪水。我的晓风，就算是我的竞争对手，也一定要考上哦！

那一年，本区只有两个美术中专名额，晓风少了体育的三十分，总分却还是比我高，她考上了。没被录取的我，真的走了比她更远的路。只是后来，我不画画了。我至今记得我在画室的那个位置，记得那些天卡带里的歌曲，记得晓风、大冰和画班里的伙伴，短暂的画画经历结束后，每个人走向各自的人生。

空间和时间终究把我们分开了。读大学之后，我们来往少了，到后来，信也少了。生活把我们带入各自的轨道。我读大四时，做小学教师的晓风结婚了，在阿姨的介绍下，嫁给水利局一个技术骨干。又一年，她的儿子出生了。晓风是我少女时代最洁净美好的回忆，她现在生活得很好。

荔枝这种东西，现在东北也有，一点儿也不稀罕了。现在的东北，冷链运输也是寻常事，各色的热带水果：山竹、榴莲、芒果、荔枝、释迦，只要出了钱就能换回想要的东西。

想起那年夏天，在阳光泼泼洒洒的晓风家，我品尝到的荔枝，其实一点儿也不新鲜，那个辗转几天长途运输来的荔枝多少差了一些清新的味道，有点像大冰和晓风扑朔迷离的那一段恋情。

辣

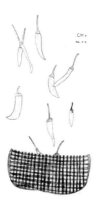

　　酸、甜、苦、辣、咸是人们常说的五味。辣却最特别，辣是一种痛觉体验，不是味觉感受。食物中化学元素对味蕾的刺激，引起的灼烧感，这就是我们常说的"辣"。

　　那么多人嗜好"辣味"，哪里知道这只是口舌体验的"痛苦"，这种"痛苦"引起大脑的欢愉。辣和痛是人生的真相，没有人能够回避。白酒、牛肉辣椒酱，辣或者不辣，故事中都有一种"痛"，一种生而为人，不得不品尝的"辣"。

白　酒

　　小时候，我很喜欢闻酒糟的味道，我家附近就有个北大仓酒厂。那儿常年弥漫一种酒糟味儿。我喜欢酒糟的味道，却不喜欢酒，因为我不喜欢喝醉的人。东北人爱喝酒，喝酒次数多，喝酒量大，白酒要半斤起喝，啤酒要一箱箱喝。有喜事会喝酒，有愁事也喝酒。爱喝酒的人多，能把酒喝开心的人却不多。有人喝多了，爱说话，磨磨唧唧说不停；有人喝多了，爱笑，一直笑个不停；有人喝多了，爱哭，半辈子伤心事儿都想起来了……还有人，喝多了，这些事都爱干。

　　全儿舅是我舅的同学，就住我姥家隔壁的胡同里。全儿舅就是这样的爱喝酒的人。

　　全儿舅是家里的常客，遇到演《霍元甲》的时候，天天都来。八十年代初，十二寸的黑白电视，可是很金贵的。姥家的红地板上铺着纸壳子和报纸，然后放上一溜的小板凳，坐满了人。遇到男女主角接吻的镜头，总会有人喊一声"闭眼"，然后小孩子们都闭上眼睛。

电视剧结束了，大家都意犹未尽地拿着板凳回到各自的家中。

一九八五年的夏天，姥爷给舅舅从厦门买了一台进口的索尼电视机，十八寸。彩色的不说，还是带遥控的。那时光，这个电视机真的是小城里的独一份。舅快结婚了，他的新房真是气派，进口的电视机，还有当时的东北人很少用的冰箱，至于双卡录音机什么的就不提了。电视机进门的时候，全儿舅也来了。全儿舅很是喜欢，鼓捣来，鼓捣去，一起帮忙安电视机。

那天上午，下了场小雨。下午，我和姥去松树趟子里采了蘑菇。小蘑菇钉最好吃了，姥用蘑菇钉炸酱，香味老远就闻到了。隔壁的张大爷捞了不少鲫鱼瓜子，个头不大，他家吃不完，匀了一大盆到我家。舅爱吃鲫鱼，姥炖了一大锅，香喷喷。

到了饭点儿，姥爷留全儿舅吃饭。小白菜、小辣椒蘸蘑菇酱，再加上一大锅鲫鱼瓜子，姥还煎了一盘子荷包蛋。这餐饭，当然也少不了油炸花生米，喝酒的下酒菜啊。只是几盅白酒，他又喝多了，讲一些各种不如意的事情。全儿舅喝多了真是烦。不喝酒日子过得滋润，喝了酒全是伤心事儿。

全儿舅喝了酒，一屁股坐在沙发上就走不动了。那沙发上盖着一个老虎的沙发罩，那是当年的流行款。全儿舅"箩儿乱儿"（啰里啰唆的意思）地磨叽一些酒嗑，惹得人太烦了，姥爷下了逐客令，"小全子，赶紧回家吧"。

全儿舅还有个"疯妈"。

全儿舅的爸早就去世了，他顶替了他爸的国营工作。全儿舅的妈并不疯，可也是爱喝酒，大家都说她神经分兮，叫她"常疯子"，因为她喜欢和楚疯子玩。

楚疯子也不疯，可大人们还是说她是疯子。

常疯子和楚疯子都写得一手好字，年龄也相当。综合商店来了一批白糖，来了一批红糖，或是来了一批紧俏货色，要发个通知了，要写个告示了，准去找她们。

他们找她们时，也不管她们疯不疯，也不管她们正常不正常了，只要备好了墨汁、毛笔，两个疯老太太立马成了文化人。写起字来，那真叫一好。别说小学的教师，高中的教师也根本比不上。

全儿舅家里不利索，不干净，乱七八糟。母子二人却也过得还挺不错。全儿舅的妈，啥活也不会干。家里家外，全靠全儿舅一人操持。人人都说全儿舅孝顺，好像孝顺是他最大的优点。其实，全儿舅没啥"章程"（心眼儿、主意），喝多了有点爱舞舞宣宣（咋咋呼呼、虚张声势），却并没有做过什么让人厌恶的事情。

他大约只是太寂寞了，所以特别需要一口酒，和一张有人陪的酒桌。

全儿舅爱喝酒，喝酒之后话多，爱发酒疯，大家都不敢让他多喝。尽管除此之外，他也没有什么不好的毛病，可居然一直没找到合适的对象。有一年冬天，有人介绍了个农村姑娘，眉目生得好看，就是过于高大，不比敦实的全儿舅矮。

后来，那个生得人高马大的姑娘成了我的全儿舅妈。

全儿舅妈没读过多少书，不是个有心眼的娘儿们，没啥坏心，却也没那么讨人喜欢。新媳妇和婆婆难免拌嘴，要论拌嘴，农村来的媳妇真是拌不过常疯子。吵来吵去，一点家里的破事儿，反而也还是热闹。隔了一年，新媳妇生了个大胖儿子，长得真是好看。

又过了几年，全儿舅的妈去世了。我听妈说，烧了好些旧物。常疯子年轻时，真是俊俏啊，她身穿旗袍，站在一辆轿车前面。妈说，全儿舅的妈是大学生，后来嫁给国民党军官，在临离开大陆去台湾时，他们一大家子赶飞机，她摔了一跤，再爬起来，大家都跑远，登上飞机了。她赶过去，飞机关了舱门，眼看着就起飞了。

她也等不到丈夫回来接她了。

后来，她又嫁了全儿舅的爸爸做了续弦，生了子女，可始终和周围的人都不一样。她不会做家务，对生活充满各种的不满，到了后来，她也不大和旁人走动，独来独往的，不问世事，一个人爱喝点酒。喝醉了就睡，睡着了什么烦恼都没了。还好，她和楚疯子很要好，偶尔不醉也能说几句知心话。

楚疯子是个资本家的女儿，也是个大学生，还做过教员。资本家的爹妈兄弟都陆续去了海外，楚小姐留在了大陆。"文革"的时候，楚疯子和常疯子可没少遭罪，疯了也就疯了。

全儿舅的妈去世了，全儿舅家也清净了，婆媳间也没啥矛盾了，日子是不是应该过得更好了呢？全儿舅还是喝酒，上班，过日子。全儿舅妈年纪轻，又一天班也没上过，除了伺候儿子，她还喜欢去广场跳舞。就这么一年年地过日子，全儿舅喝酒，全儿舅妈跳舞，全儿舅的儿子也一年年长大了。

全儿舅的儿子读了小学，倒是比父母都懂事、机灵，学习也好，长得也好。

可小学还没毕业，全儿舅的家却散了，毫无征兆。

要说没有征兆，也不是。妈说，小全子没心眼，但是儿子很精。有一次，儿子一定让爸爸去接妈妈回家，全儿舅也没理会。儿子说妈妈最近不给做午饭，总让我去外面小卖部吃零食，全儿舅还是没理会。儿子说妈妈总在外面和人家跳舞，不管家里，全儿舅还是没理会。全儿舅上班就好好上班，下班就认认真真喝酒，他哪里想得到呢？

全儿舅离婚了。全儿舅妈和跳舞的舞伴在一起了。那男人老，而且也没什么钱，除了体贴，大约没有什么好的地方了。

全儿舅家就只剩下父子俩，家里没有女人了。全儿舅还是那样，上班干活，下班喝酒。他偶尔也还会来串门，只是到底少了起来。全儿舅的儿子很能干，能帮爸爸生火、烧炕，爸爸喝多了，他也能帮着伺候。全儿舅有时醉酒吐得到处都是，儿子也能搓来煤灰垫上，看爸爸吐干净了，再一点点把呕吐物和煤灰搓走，扔到垃圾站的灰堆里。

全儿舅的儿子懂事、仁义，他是全儿舅的全部了。全儿舅再咋的，也会管好儿子。不管喝酒没喝酒，上班前，必是把早饭、午饭都烧好，装到饭盒里，让儿子不能饿到。到了换季的时候，总是给儿子领到市里的商场，买上几身新衣服。虽说比不过女人伺候得好，可粗老爷们也算尽力。

那年冬天，儿子有点流鼻血，许是房间太干燥吧，父子俩都没在意。转过春天来，儿子说自己没有力气，头晕得很。父子俩骑着自行车，一前一后赶到铁路医院看病，打算看好病，去饭馆吃烤肉。

谁知道看了病，全儿舅自己回家了，儿子被留下住院了。

那孩子得了白血病。那时，我在外上学，听到妈和我说的时候，也愣住了。那个我们从小看到大的弟弟，居然住院了，可能再也不能叫我"大姐"了。

儿子脸色苍白，要输血小板。全儿舅妈也来了，捂着脸嚎了一阵子，就走了。不到两个月，全儿舅的儿子就去世了。

妈去看过全儿舅的儿子，也去探望过全儿舅。她说，儿子走了，全儿舅蔫了，一下子老了十岁。

全儿舅曾经是我家里的一分子。没结婚的时候，一天早晚三次地来，每次姥都说："小全子来了啊，吃了吗？"全儿舅也瓮声瓮气地说"大娘，吃了"。如果说"还没吃呢"，姥就说"自己盛饭啊"。

全儿舅和我们家走得近，和自己的兄弟姐妹关系一般。不是全儿舅不好相处，他是"一副直肠子、一副实心眼"啊。全儿舅顶替了他父亲的职位有了正式工作，那些没顶替上工作的兄弟心里一直有怨气，总觉得父母偏袒老小，所以走动确实不多。

全儿舅不仅和我家姨们舅舅姨夫们关系亲热，对我们小辈也很心疼。有一年过小年，全儿舅买了好些"麻糖"，送到我家。家里没人，他就放在家里窗台上走了。他是要给我和妹妹吃的。

谁送的好像不重要，重要的是孩子能不能吃到。那时，物资匮乏，一点甜对孩子们也是高兴事，更何况是小年时的麻糖呢？一种是乳白色的，一种是裹着芝麻的，两种他都买好了。我们吃麻糖吃了好久，才知道是全儿舅送的。

全儿舅来喝酒，也经常会摸几颗糖，或从口袋里掏个苹果给我们。我们去外地读书的时候，他也来家里贺喜，一张圆胖的脸上，写着很多的喜悦。"孩子有出息，比啥都强。"喝得差不多的时候，他又开始一遍遍地磨叨了，我们都知道，他又喝高兴了。我也怕醉鬼，所以从来没仔细听过全儿舅都在说什么。

爸妈不喜欢和全儿舅喝酒，一喝酒就很啰唆的全儿舅，趁着酒的烈性，总要剖心剖肝地说心底的话。所以有时候一群人喝酒，看到全儿来了，也都尽快结束，早早摆上麻将桌。大家很怕全儿喝酒，逢喝必醉，每醉必烦。除了上班的时间，全儿舅经常迷迷糊糊的，酒量也不大，半斤白酒的量。

二十多年前，当全儿舅穿着铁路上发的深蓝色派克棉服，推开我家的门，裹着一团冷气进到屋里，脱下棉服坐到炕上，开始唠嗑的时候，我们都以为，会永远在一起，永远过那样的日子。可只是短短几年，一切都不一样了。

全儿舅被生活一次次的摧残过后，终于没有神采，也没法没心没肺地过日子了。全儿舅的儿子去世后，他再也不来我家串门了。

又一年过去，妈说，全儿舅再婚了，和一个带女儿的寡妇。那寡妇待人好，全儿舅从此利利索索、干干净净，只是眼神里好像再也没有神采。喊他一声，他抬抬眼皮也懒得应了。全儿舅跟着新舅妈搬走了。他们去了市里，住在铁路工人聚集的铁锋区。全儿舅的收入并不低，搬到市里，搬进楼房，可以过更好的日子了。

我们居住的小城一步一步在时代背景中落败，消散；我们所有人渐渐搬离小城，甚至离开东北，四散天涯。我们和以往所有的生活都断开了联系，我们逐渐忘记了来处，逐渐忘记了故乡的味道，逐渐将他乡作故乡。我们似乎都过上了比以往更好的日子，只是我们终究不同往日那般与人亲近，日渐一日的冷漠下去，我们还记得那些曾在我们生活中的人吗？

我们全家三十几口人，最终只有两个人暂时居住在小城，暂时留在本市的也只有四对老人。说是暂时，那是因为他们的子女都离开故乡，而他们早晚也要搬走。年轻一辈也仅有一个表哥留在东北。我们的大家庭四散在各地，和全儿舅更是很多年也没有联系了。

搬走的东北人似乎可以去任何他们想去的地方。他们不怕吃苦，也不偷懒。他们要求不高，他们小富即安，只要能舒心过日子，在任何地方都能生活下去。我的父母在京郊生活，在那片亚洲最大的经济适用房社区里也经常会遇到旧相识。在北京其他的卫星城里，更是有很多他们的熟人、工友、同学、知青朋友。比如，结巴刘三叔一家早搬来了，富大舅的二女儿也早在北京定居了。不提自家的亲人，其他拐弯抹角亲戚里道的人也是非常多。

有一次，去河北燕郊，我陪父母看望一个刚刚搬来定居的长辈。三年前，这个长辈的女儿在燕郊买了房子。又过了两年，又买了一套房子，于是也终于把父母接过来了。

虽然不是住在北京，可那有什么关系。开车上了高速，几分钟就进城了。燕郊那活泼热辣、不修边幅、潦草的样子和东北几乎一样。楼下除了各色东北烧烤、水饺店，还有来自全国各地的小吃。物价也差不多，小区到处都是东北人，有啥住不习惯的？

要说不一样，当然也很不一样。在北京工作的子女收入多高啊，小孙子的学费也是超贵。一个月的学费比东北一学期的都贵，当然也是好啊，有外教上口语课呢。

我妈的老友初来乍到，也是满心欢喜，老朋友见面絮絮叨叨。毕竟在离首都心脏这么近的地方安家了啊，毕竟这地界比东北要暖和多了啊。

那个长辈给我父母讲了很多小城的故事，多是以前的同事或是相熟的人，他们在做什么，他们过得好不好，他们去了哪里……他们也提到了全儿舅。长期喝酒，全儿舅五十几岁就中风了，只是不严重，ICU里躺了几天，出院后基本是个正常人。他们说，现在小全子记性不行，腿脚也没以前利索，还是贪杯，还是爱喝酒。

长辈们带了很多小城的烧饼。我不明白，为什么离开小城的人这么喜欢烧饼，大约也是小城没有特别多的小吃吧。烧饼包裹得很仔细，塑料袋套了几层，最外面包着一张旧报纸。

那天回到家，我父母马上想尝尝那个来自家乡的珍贵的烧饼。打开一层层的塑料袋，终于拿出保存完整的烧饼。迫不及待地咬一口，酥皮不那么酥，里面的面饼不那么软，咸淡刚好，油也刚好，还是那个街角的老味道。

包烧饼的报纸在最外层，是市里的日报，日期也是好几个月之前的了。我没吃烧饼，我注意到报纸上是市里的社会新闻。新闻大意是提醒市民，接近年关，外出聚餐饮酒要适度，以防意外发生。还特意写了铁锋区的铁路职工，年近六旬的胡某全，喝酒过多，醉倒在楼道门口，几乎被冻死的新闻。新闻也很完整，讲胡某十分幸运，多亏当夜里上夜班的邻居及时发现，及时送到附属第三医院，住进了ICU抢救，命被抢救回来了。

一则社会新闻而已。姓胡的人那么多，名字里有全的人那么多，怎么会是全儿舅呢？人在天涯，想起二十年没见过的全儿舅，闭上眼睛，我居然想不起他的样子，他的眼睛很大，可他的脸都模糊了。而全儿舅家弟弟的样子却很清晰，眼睛又黑又亮，又干净。

全儿舅现在六十多了吧。冬季里他会醉倒在楼道外面吗？那很危险的。

牛肉辣椒酱

东北大米是世界上最好吃的大米，这一点不接受任何人反驳。东北人爱吃米饭，装饭的碗都老大，一碗不够，多数会再添几勺。东北人也爱吃面，面条、馒头、烙饼、面片儿。煮面条，加上黄瓜丝、豆芽儿、白菜丝，拌一拌；刚出锅的暄腾馒头，掰成两半，冒着热乎乎的气儿……先别吃，还要加一勺牛肉辣椒酱，那就非常带劲儿了。牛肉有嚼劲，辣椒酱油润、香辣，一勺牛肉辣椒酱下去，太香了。有了这瓶酱，就没有不爱吃饭的时候。好饭就更好吃，坏饭也就不算坏了。

小胜就爱吃牛肉辣椒酱。他爱吃辣，这辈子真是被辣了好几次，每次都流过眼泪，可擦了眼泪，还是一条好汉。过日子嘛，好日子、坏日子，都得好好过。

几天前，小胜在朋友圈晒了个照片——一只戴钻戒的白嫩的女人手。配文是："结婚十年，一双儿女，幸福生活就是和你在一起。"单看这些，可以推测小胜生活得不错，有钱给老婆买了钻戒，也会生养，儿女双全。再多想些，能在结婚纪念日给老婆买钻戒，总归是有些闲钱，夫妻感情也十分过得去的。

小胜朋友圈里会传达很多信息，比如最近他迷上了骑行。周末会自己骑车几十公里，有时去延庆的山里，有时也去密云水库。还有一次，他甚至带了十岁的儿子大宝一起去。父子俩，都是全套的骑行装备，都一手推着山地车，一手比着 V，背景是山，咔嚓一张照片，非常和谐。除了骑行，小胜也会秀夜跑的内容。无非是跑了多少公里，配速多少，或是哪种品牌的跑步鞋不磨脚。

骑行和跑步的信息是最近一年才开始出现的，代替了喝酒应酬、看电影的内容。哪有无缘无故地爱运动呢？人到中年，小胜的身体开始走下坡路了，毕竟他在朋友圈晒失眠的次数越来越多。从照片上看，他的脸是没变化，可头发中白发越来越多，黑发越来越少。

人到中年，好多事情都眉目清晰了，来处心里知晓，去处也是个大不离的方向。总体来说，小胜从小城来到北京不仅扎了根，还扎得不错。他在大兴有套房，在房山也有套房，开个奥迪A6，还有一个幸福的家。更让人羡慕的是，一双儿女都有最金贵的北京户口。

想想初到北京那一刻，再想想现在，真是那句话——人生就像一场梦啊！小胜卖过盒饭、开过饭店，在中关村做过装卸工、送货工，跑过销售……做过不少事儿。现在，人前人后也被尊称为"胜总"。就算是场梦，也是美梦多，噩梦少。

　　小胜的日子和缓宁静，却很少有人知道，他人生中消失的那五年，就连小胜自己也快忘记了。那五年笼罩在浓雾里，只有做噩梦时，小胜才能回去看一眼。所有的记忆都支离破碎，混在一团白茫茫看不清楚的入冬的浓雾里。是哭还是笑，是尖叫还是嘶吼，都完全不记得了。他只记得那一天之前的日子，散发着橘子的清甜味儿。

　　和所有生活在小城的人一样，小胜曾有过无忧无虑的时光。而命运却在他十六岁这年翻了脸。此后，他站在悬崖上，稍有不慎，就粉身碎骨，走上另一条路了。

　　那天之前，小胜还是孩子；那天之后，多数日子是在昏昏沉沉的夜色里走着，看不清方向，走不到头。这样的无望夜路，他足足走了五年。

　　那天是周日，午饭吃好，小胜就乘了火车从小城去市里了。小胜读高二了，他在市里住校。小胜妈担心儿子在学校里伙食差，一面拿了保温饭盒，又盛了一些排骨，让小胜带上。这样小胜晚上学习累了，可以再加一餐。小胜已经是一米八高的小伙子了，吃米饭都用盆盛，不够吃哪儿行啊？

下午2∶30，有一趟去市里的火车。母子去火车站，就和往常一样。老式的火车鸣嗷喊叫，喷着白烟儿划开秋天里万里无云的湛蓝天色冲进了站台。临上车，小胜妈塞给儿子两个橘子，和往常一样叮咛几句∶"好儿子，天气冷了，别去打篮球了，一打球，一冷一热，容易感冒。"

"知道，知道!"小胜背着书包提着保温饭盒，手里握着两个橘子，一边回答，一边奔向火车。在车上，小胜剥了两个橘子，清甜的汁水马上迸出来。味儿真好，酸中带着甜，清冽爽气。

第二天上午的课堂上，小胜被警察带走。

小胜闯了大祸，他杀了人。

那天，在火车上吃过橘子，下车回到学校，小胜却没有听妈妈的话，还是和同学在球场上打篮球。一群打球的孩子中，校外的男孩子们也加入了。打篮球有了冲撞，小胜同学的眼镜被一个校外男孩碰碎了。大家让那男孩赔，可男孩不肯。小胜是班长，出于帮助同学，也和同学一起跟男孩要赔偿。

男孩不仅不赔偿，还撒丫子跑了，小胜和同学两个半大孩子一路追过去。男孩跑到校外一条巷子，看小胜他们还跟在身后，就掏出一把刀，比比画画刺过来。男孩虚张声势地恐吓，却还是划伤了小胜的同学的手。小胜个子高，和对方撕扯之间，夺了刀，狠命地回击过去。一刀、两刀、三刀、四刀、五刀。小胜并没有看到涌出来的血，也不知道扎在哪里。大约是有点紧张，大约是北方傍晚的天色太暗了。

到了警察局，小胜没意识到事情有多严重，还着急下午要上课。只是，那孩子死了，小胜再也不用上下午的课了，他再也不能回到高中课堂了。

最终，小胜因防卫过当而做了五年劳改。那男孩家里没太多纠缠，赔款谈得很顺利。男孩父母离异后，父母都没有带着他，他跟着姨妈生活。男孩走了，这副担子就从很多人的肩上卸下来了。只是，小胜脱离了原有的生活轨迹。

在东北小城，因为口角引来的血案实在很多，多到有点不以为意。你瞅啥，瞅你咋地？这两句话的确会引来全武行。可问题是，能简单用肢体语言解决的问题，谁也不想用脑子，这种观念居然根深蒂固。好像所有东北人，都是这么想的，这么过的。文明是有的，只是耐性却不大有。讲道理是"耍嘴皮子"，是件顶"砢碜"的事儿，吃亏是件没"尿性"的事儿，打不过别人根本就是"怂包"，在哪儿都被人看不起。

众多的伤人案件都是唠嗑的原始材料，就着茉莉花茶叶末子，兑着五十度的高粱烧酒，熏干豆腐丝，五香猪头肉，掰扯一下，捋一捋。进监狱的小子总是有"尿性"，死了的小伙子总是"完犊子"玩意，死就死了。可一旦当血案发生在自己家，才发现天真的会塌。耐性是个好东西，为什么没有呢？脑子是个好东西，为什么管不好呢？忍一忍，退一退才能避免祸事啊！

小胜蹲了监狱，小胜妈妈的一头乌发突然就都白了。藏在她胸腔里的心就要破碎了，疼痛让她无法忍受，几乎癫狂。她每个月都要去市里的监狱探望儿子，最开始带很多的食物，到后来她开始带很多励志的书籍。"卡耐基"是她到邻居家转了三次，才开口借到的书。她知道，她精心带去的食物一多半要分给其他人吃，可儿子还小，吃不那么要紧，要紧是个精气神儿。最初，她就在苦水里泡着，只管自己浸着，承受着，任谁都稀释不了，分解不了。她被痛苦撕扯得快要发疯了，四处涌出来的一千个一万个的自己按着自己，以免那些疯狂汪洋一样的席卷过来。全世界都疯了，或者只有她自己疯了。

两年后，小胜妈选了另一条路，她要为小胜走出另一条路。她选择去北京打工赚钱，她早晚等着要带小胜走。她要替小胜坐监的五年奋斗出点什么。

当火车嗷呜呜鸣笛，喷着一阵白烟驶出小城时，她眼里都是白茫茫的雪。漫长的铁道线上，漫长的毫无新意的雪原。在阳光下闪闪发亮，被风一吹，细沙扑面的雪。冷的雪，无穷无尽铺满所有的视野。她也前所未有地充满了斗志，好像小胜那年轻的气魄注入了她体内，让她又活回来了。改天换地也好，脱胎换骨也罢，小胜妈一边在车厢里流着泪恶狠狠地吃方便面，一边决心要闯出一片天地。

那些年产业工人，以及产业工人的儿子们，要多少有多少，都往关里走。干啥的没有？卖苦力的，做点技术工作的，做销售的，开出租车的，做小生意的，都不老少。无数东北人在东北以外的祖国各地安家，好像更富饶的地方更像是家乡。可以是北京天通苑、回龙观，可以是河北燕郊、秦皇岛，也可以是山东威海、淄博，甚至西双版纳、三亚……祖国各地，到处生长着迁移而来的东北人。

大多数出门闯世界的东北人都不大怕吃苦，也低得下身段。外面的花花世界到底和东北不一样，性子虽然改不了太多，可做人的态度却都渐渐软和了。他们渐渐发现，声音高低，力气大小，够不够狠，真的不是啥评价标准，只有口袋里的人民币能让人信服，你牛不牛，要看钱的多少。能给人脸色看的是钱。

小胜妈在北京创业是另一个故事，暂且不表。

五年过去了，还是冬天的早上，全家都乘着大巴车从小城赶往三十公里以外的监狱。那天真冷，好像呼吸都被霜凝住了。小胜从监狱的那扇大门里走出来的时候，两千响的鞭炮就炸起来了。轰轰隆隆炸的声音太响了，小胜吓了一跳，看到迎接他的家里人，嘴上咧出了笑容。

红色的爆竹衣炸在雪地里，红白分明。一瞬间，小胜好像感受到，那一天，那个男孩，那些血，是不是也是这样涌出来的？冷风一吹，他也忍不住瑟缩抖了一下。

再之后，大家乘车回到小城。小胜去澡堂子洗了澡，从里到外换了一身新衣服。高墙里带回来的东西都扔了，就连那些小胜记下的狱友的联系方式也扔了。然后，大家在小城最好的饭店里吃了一顿。小胜见人就是笑笑，没怎么讲话。几年不见，小胜在里面关得有点不那么灵光了，人倒是又长高了。当天连夜，小胜就和父母乘上开往北京的火车。

小胜来到了北京，住进了四环边上的一个村子，那里汇集着全国各地来北京赚钱和追求梦想的人，不论男女，不分老幼，每个人来北京都是有目标的。

在北京闯世界苦不苦？就拿小胜妈说吧，半辈子拿工资的人，突然变成了进城务工的"盲流子"，你说扎心不扎心。从单位分的家属房直接住进了六郎庄的学生公寓，那是什么心情？说好听了是公寓，说难听了就是一大排简易房子，隔出一个个几米见方的小屋子。掀开每户之间薄薄的隔墙，和大通铺有啥区别？想去卫生间，要去走出几十米路才看得到的公共厕所。这样的房子破虽破，胜在价格实惠。大家来北京都不是为了享福的，是为了挣钱。

最初，小胜和父母专门制作盒饭。电脑城里，挨个摊位发传单，挨个摊位谈，盒饭也是最扎实最简单的款式，开业期间每餐赠送个当季水果，招揽不少生意。盒饭就从十几盒开始卖，后来到二十几盒，再后来上百盒，慢慢地盒饭生意做起来了。

为了做盒饭，一家三口多花了几百元租了个面积大的房子。凌晨三四点钟，一家人就起床奔早市去买食材。上百斤的菜肉买回来，就开始脚不沾地的忙碌。洗、切、炒，装盒。小胜跟着父母，里外忙乎，除了机械的动手，脑子里啥都来不及想。赶到挨家送盒饭，要求就得提高了，要嘴甜手快，要做好服务，让大家有个好印象。

每个人的手糙了、皲了，人都累得瘦了，只是口袋里的钱开始多了。日子过得水都泼不进，熬得觉都不够睡，哪里有时间想难过的事儿。全家人住在简易出租房，却都爱研究房产小广告。不止看京郊的楼盘，也看一些豪宅，能不能买得起不要紧，了解房产趋势呗，万一哪天买得起了呢？

半年后，小胜熟悉了外面环境，就开始一个人闯世界了。他选择了门槛最低的送货工。在电脑城里，往返不同的摊位，和不同的小贩寒暄，搬运、装车、送货。小胜从早到晚地忙碌，打工的同时，对电脑城里的那点事儿摸了个门儿清。他踌躇满志，满身都是干劲，充满精气神，希望随着越来越厚的钞票生出来了。

印象最深的画面不是和人打交道，而是沙尘暴最凶猛的一天，小胜拉着一板车电子配件，在马路上被大风吹得东倒西歪，几乎站不住。一阵大风过后，他浑身都被沙子"侵袭"了。一身、一头、一脸的沙子啊，耳朵眼、鼻孔、头发缝，哪儿都是沙子。他也不觉得狼狈无助，特别想哈哈大笑——"没想到北京的风这么凶猛，但是老子不怕。"

十五年，日子飞快。小胜的房子和车子都是贷款买的，每天一睁眼，小胜就算计，要赚几张"毛爷爷"才够一家五口用。小胜并不像朋友圈里展示的那么顺利，他也遇到不少麻烦事儿。就拿出门要账来说吧，顺利不顺利只有他自己知道。小胜曾去内蒙古要过账，一共也就是五万元，对方老板却拖欠了两年多，也没有还钱的意思。小胜每天跟着欠款老板上下班，磨着性子，和对方讨钱。跟到第五天，对方要和小胜谈谈，把他带到了一个空房间。进去之后，跳出三个大汉，收走了小胜的手机，门窗都锁上，把小胜关在里面。三天后，小胜被饿着肚子放出来。对方问他还要不要钱，小胜说："还是要钱，上有老下有小，缺钱啊。"那次，还算幸运，对方看到小胜这么"刚"，也就痛快还钱了。如果不是酒喝多了，这件事他也从来不会提的。

小胜虽然人前人后被称为"胜总"，可他的生意有好坏，并不总是那么顺利。好的时候，小胜花钱大手大脚，给老婆买包、买表。那些"奢侈品"也是真假掺和，但 A 货也不少钱呢。生意差的时候，小胜经常网贷，东墙拆了补西墙，这种事儿他也经常干。好在窟窿都能补上，日子磕磕绊绊，也总过得下去。

小胜来到北京后，父母却离了婚。世事变幻，也总会有些人一起走着走着，就散了。这虽算是另外的故事，却也和小胜有关。如果小胜没有蹲监狱，小胜妈就还是小城里开食杂店的小老板娘，哪里会经历这么多苦呢？小胜会格外心疼自己的妈，也格外要做个孝顺儿子。小胜也心疼老婆和一对儿女，他一心要做个好丈夫、好爸爸。不久前，他带着一家老小去三亚度假，大人孩子们玩得太高兴了。

那天，小胜在三亚度假酒店，看到私家沙滩上，有卖棒冰、芒果的东北人；酒店的餐馆里，有年轻的东北服务生；晚上九点多，他在马路见到了推销房子的东北人：好像东北人渗透在三亚的各个角落。赶到小胜带孩子外出玩，打了个出租车。那个本地司机很无奈地说："凡是赚钱的地方，东北人都会参与进来。"这句话从三亚当地人口中说出来，不太像是一句褒奖的话。听了这句话，小胜觉得不是味儿，他想到了自己，想到了和自己一样的那些东北人，他回了一句："如果东北人不来三亚，你让东北人怎么活呢？"

小胜经常动赚钱的脑筋，那一次，他批发了不少山寨品牌运动鞋，用奥迪拉着货，回到东北的小城。这些鞋子质量不错，虽是山寨货，但是款式好看又便宜，在小城一定有销路，他打算卖些鞋子，赚个几千也是好的。

可回到老家，小胜悲伤地发现，那个热热闹闹生活过的小城倾颓了。他从小生活的地方，几乎没人居住。家门口半空的苏联房子都被荒烟蔓草包围着，以前热热闹闹的工厂里，铁轨的缝隙里，巨大的钢铁的机械都不再工作，而是悄无声息。蒿草都长得老高，老高，好像全部的世界都被草埋住了。马路上静悄悄，静悄悄，乌鸦倒是比以往多了几倍呢。

才走了几年啊，小城的人已经那么少了，越来越多的人离开这里，连个新出生的孩子都不大看得见。孩子少了，先是关张了小学，再是中学，再后来，那么好那么热闹的医院也关张了。马路上没人，没有车，很快地，就连夜里的路灯都暗淡了。那些电影院、俱乐部、图书馆、游泳池、篮球场都已消失，那些生长着几代人的家属楼都破败空虚，那些曾经光辉的岁月，也在岁月的长河中流散了……那次小胜的生意"亏损"了，他换了个地方摆摊，也根本没卖掉几双鞋。打那儿以后，小胜不再打算回老家做小生意了。

小胜吃了多少牛肉辣椒酱，他不记得了。那次从老家回来，他决定自己做一次。牛肉、红辣椒要用绞肉机分别绞碎，葱、姜、蒜切成碎末，花生米炒熟、碾成花生碎。先热油炒牛肉末，牛肉变了色，淋少许料酒，然后放入葱、姜、蒜末一起炒。香味散发出来，倒入东北豆瓣酱，炒，再倒入红辣椒，炒。所有料混在了一起，就熬吧，熬四十分钟。最后一步是花生碎，继续熬几分钟。熬呀熬，牛肉辣椒酱出锅了。

普通的食材，熬一熬，再熬一熬，就会香味四溢了。所有寡淡的菜，一旦配上这个酱，都鲜活起来，点亮了色彩。

来北京十五年，小胜走得踏实，日子并不都很顺利。普通人，遇到好日子就好好过；遇到坏日子，就熬一熬，熬一熬，就好了。每年，遇到那几天，他也会吃上几天斋，他不是不后悔，可后悔并没有用，活下去的人还要好好过日子啊。对了，前几年，小胜抽空读了自考大专，又坐回教室了，这次他只是弥补自己，弥补自己没能读书的遗憾。

酱炒蘑菇

酱炒蘑菇很好吃。鲜、嫩，口感滑溜，下饭，单吃就是有点咸。酱要用家里自己下的，蘑菇呢，买到啥算啥。不管松树蘑菇、榛蘑，不管大伞还是小伞，都能酱着吃。老七做的酱炒蘑菇最好吃。蘑菇选松树下长的黑蘑菇，个头不大，但厚实。家常的大酱，火大一点，爆炒。蘑菇口感肉头，酱个鲜香劲儿，下饭不提，配酒也没问题。

蘑菇也不是天天有，就属秋天最旺盛。下岗的人越来越多，没钱的人越来越多，到处找活计的人越来越多。老七四处找能做的活儿。邻居街坊去松树林里采松树蘑卖给贩子。贩子要求高，蘑菇必须咔哧干净。一个个小蘑菇，比大拇指大点不多，根子上的泥土要收拾干净，这活多"磨叽"啊，没人爱干的活，老七干。为啥呢？别人爱的活她干不了，别人不爱干的活，她捡漏啊。

老七心细，耐性，咔哧蘑菇的事情，在大秋天里，一天天做下来，一天天赚钱。等到天气一冷，蘑菇没了，活计也就中断了。干一天，赚一天，哪里想得了那么多。一家子花销，吃穿用度，哪里不用钱？秋天里，有蘑菇就弄蘑菇，没有蘑菇，就在秋风里打打小麻将，也打发时间。老七没有力气，老七能干的工作太少。老七在牌桌上，小手捏麻将，居然捏来一个营生。

一个屯子里的女人托人找到了牌桌上的老七，她请老七帮她带孩子。女人长得俊，只是被人破了相貌，脸上一道刀疤。女人不是坏人，只是命苦。女人牵来的孩子刚刚会走。

孩子的爸爸呢？老七问。

孩子的爸爸去吃劳改了。

孩子的爸爸是个赌徒，家里穷得叮当响，女人没有营生，养不起孩子。小地方也不缺劳力，干活赚钱少，只有躺下去赚钱来得快。男人找到女人，用刀砍了她，血流了一脸，男人怕了，忘记了逃跑。男人终于不再赌了，他进了监狱。女人要养孩子，还得做那营生。

女人破相了，她的生意更不好做。再加上派出所三天两头地扫黄，女人的日子不好过。她苦笑着和老七说，孩子爸爸做了赔本的买卖，一家三口都变得惨上加惨。再惨也得过日子啊，再惨也要养大孩子啊。

女人对老七放心，老七不会拐带孩子，老七也打骂不动孩子，老七还有高中文化。老七心软，谁不知道？老七不用别人可怜自己，她可怜所有的人，活在世上，谁不可怜？

瘦巴巴、可怜巴巴的玲玲就住在老七家里了。老七要留下玲玲，积德行善，积德行善好像是老七唯一能做的事。再说了，老七也不白行善，毕竟每个月还有费用呢。管吃管住帮照管，女人一个月给老七六百元。女人这六百元赚得不轻省，可却帮了老七的大忙。老七也要养自己的孩子啊，也需要钱啊。

老七带玲玲，多添双筷子，炕上多睡个人。老七再去打麻将，就带玲玲去；老七不打麻将，就带玲玲在院子里玩。天色好，蓝天白云的，暖融融的阳光照在所有人身上。玲玲在院子里摘花薅草，用小铲子挖坑埋了。老七洗了衣服，然后蹬上板凳，再晾晒衣服。老七败家，洗衣粉每次都用一大堆，可老七的衣服洗得透亮、干净。小院子里，飘的是洗衣粉的化工香味。

中午之前，老七给读书的女儿小喜做午饭。玲玲一个人在院子里玩。午饭是烧茄子、排骨炖豆角。小喜一进院门就闻到香味了，很高兴地要进屋吃饭。老七让小喜去食杂店给大梁子买瓶啤酒，要冰镇的。

大梁子帮别人家砌砖墙，做泥瓦匠。这趟活儿，不包饭，大梁子蹬了自行车回家来，老七晒在外面的铁皮盆里的自来水也温乎了，大梁子洗洗涮涮，然后一家人吃饭。

喝上一口冰啤酒，吃上一口排骨，大梁子从里到外都活过来了。过日子图啥呢？不就图这么一口安心饭！

老七带着玲玲，街里街坊的嬉皮笑脸的男人，总教玲玲喊爸爸。玲玲哪里懂啊，看谁都叫爸爸。那样，大家就笑得更欢了。小喜教她，叫叔叔，不许叫爸爸。

那工夫是一切旺盛、蓬勃、丰腴、温暖的，这些美好的字眼是进入秋天前的丰盛。满园子的蔬菜，茄子、豆角、小辣椒，该开的花都开过了，该结的果儿也都结了好几批了。玉米穗都变红了，一个个爆满得快要炸裂了；向日葵的脸盘子也长得老大，好像秆子要撑不住了，瓜子随时都要跌落。一切都是那么饱满，丰盛。老七、大梁子、小喜和玲玲，一家四口过得高高兴兴。

两年过去了，玲玲白胖了些，也机灵了些。玲玲妈生意不咋样，可坚持着按月给钱，后来钱也渐渐给得不顺溜了。玲玲被妈妈从老七家接走了。老七也劝她去好好找个活路，哪怕找人再嫁呢。她只笑笑，一句话也没说。临走时，玲玲妈把老七的工钱结算得干干净净，一分不少，玲玲妈是个苦命的女人，可谁也不能说她没有骨气！

玲玲被接走了，老七的日子还得过。

玲玲走的那天是个大太阳的日子。热烘烘的气息，在空气中流动，有点凉的小风在园子里吹来吹去，白杨树叶子，老榆树叶子哗哗啦啦地响。苍蝇嗡嗡飞，小咬儿也一团一团开始扑人脸了。老七回到家，去菜地里，摘了所有成熟的茄子、豆角，直干到天色傍黑。老七一边恶狠狠地摘菜，一边想要忘记眼前的处境，不难过，不流泪，不抱怨，不悲伤。手里摘着菜，有事情忙乎，悲伤也就淡了。

老七把摘来的所有菜都清洗、切丝、晾晒，抓紧制作干菜。冬天里，细菜买不起了，这些干菜炖了肉，也是很香的。晾干菜的时候，老七眼泪还是流下来了，这么好的风，这么暖的太阳，这么亮堂堂的日子，玲玲一切都要更好啊。老七想着玲玲，眼泪掉在茄子上。晒干的茄子有一种特别的味道，让人心安，老七就在这个味道里流了一会泪，心也就安了。

还流着眼泪，咔哧蘑菇的生意又来了。今年的蘑菇更多了，老七一边抱怨忙不过来，一边高高兴兴地做着。一个月少了六百元的收入，老七心里也急啊。到准备做晚饭的时候，小喜放学了，老七才停下手里的工作。那天，老七做了酱炒蘑菇，闺女吃了下饭，男人吃了下酒。有滋有味，不管难不难，一家人在一起，就是个好日子。

又熬了几年，老七一家离开了小城，搬到市里去住商品房了。现在，老七老了，开始按月收退休金了，也干不动活儿了。每到了秋天，老七还是会去买蘑菇，还是会去做酱炒蘑菇。小喜大学毕业，去外地工作了。酱炒蘑菇就只有老两口吃，可也要吃得有滋有味啊。到吃酱蘑菇的季节，老七偶尔也会想起玲玲妈和玲玲，只是她们再也没有消息了。

鲜·香

鲜字是新鲜，是明丽美好，也是让人愉悦的美味。单从字面上看，有鱼有羊有滋味的日子，一定生活富裕差不了。香是好的气味、味道，也有踏实、受欢迎的意思。吃得香、睡得香，人群里"吃香"，就是让人羡慕的日子了。

好味道或是好日子，一定是有参照的。比如苦过，才会珍惜甜。比如差过，才会稀罕好。每个人都不想尝到"苦"，可总有些苦悄无声息地发生着，让你毫无知觉。身在苦中，不觉得苦。再回首时，望见来路崎岖，心里只剩叹息。可我们也都记得，那些风和日暖的日子，那些意气风发、兴匆匆昂头赶路的时光，我们都曾仿佛拥有一切，体会这世间赠与我们的甜。甜的日子虽然短，但终究能帮我们熬过苦。

苦过甜过，人生总归是圆满。是鲜的明丽，是香的踏实。

珍珠翡翠白玉汤

一碗开水，一把葱花，一点猪油，一滴酱油，它们遇到一起，就叫珍珠翡翠白玉汤。初次见到这碗汤，我的好奇心"爆棚"，拿着小勺子舀了一勺，吹一吹，放入口中。还没吃出味道，我姥爷笑嘻嘻问我："好喝吗？"这句话一问，我不由自主地点头："好喝啊！"我姥爷不会煮饭，基本没下过厨，只会做珍珠翡翠白玉汤，而且还教会了我。

很多年前的一个晌午，大家都吃过饭了，但是离晚饭还有点时间。我姥爷突然笑嘻嘻说要做个汤，是个皇上喝过的汤。我一听，眼睛就亮了。他说这个汤啊，叫珍珠翡翠白玉汤。一听这么个富贵的名字，我完全就被镇住了，对这个汤的期盼格外高昂。

姥爷一边做汤，一边给我讲了个故事，这个故事太神奇了。明朝开国皇帝朱元璋，在很小的时候父母都没了，家里很困难，这个孩子经常饿肚子，只能当"要饭花子"出门讨饭了。有一次，他饿得头晕眼花，前胸贴后背，快晕倒了。被一个好心的老太太救了，老太太一打量，这个人是饿的啊，赶紧给整点儿吃的吧。可那光景，老太太家里太穷了，啥也没有，就做了一碗剩菜汤，浇上一碗剩米饭，给"要饭花子"吃了。

"要饭花子"吃完，整个人都活过来，就问老太太："啥玩意儿这么好吃啊？"

老太太看了一下汤，说："珍珠翡翠白玉汤。"

后来"要饭花子"当了皇帝，一辈子最爱吃这个汤。

这是个啥汤呢？

我姥爷让我去菜园拔两根小葱。他切了葱花，加了猪油、酱油，然后拿来暖水瓶，用开水呼呼一冲，汤得了。

"姥，你来看看，姥爷做的什么汤？"

我姥挺看不起姥爷的汤，她说要放点菜叶，放点豆腐才是珍珠翡翠白玉汤呢。我听了都很扯，珍珠在哪儿呢？白玉在哪儿呢？

我姥爷掰开一个烧饼，就着汤吃起来。在这之前，他给我尝了一下。嗯，太美味了。我姥爷还和我解释："啥叫珍珠，葱白就是珍珠；啥叫翡翠，葱绿就是翡翠！为啥说好吃，人饿的时候，吃啥都好吃。"

从那天起，我也长进了，毕竟七八岁的我，会做简易版珍珠翡翠白玉汤了。还记住一句至理名言——"人饿的时候，吃啥都好吃"。这碗汤里藏着一点儿狡黠，还有点懒惰的进取。

我姥爷是河北献县邵家庄人。他"闯关东"是坐在柳条筐里，是他爸爸用一根扁担，把他从河北担到东北。到东北时，他才三岁，他一辈子都是东北口音，不会说河北话。

我姥姥是辽宁海城人，户口本上是满族人。可姥姥说，她小时候，遇到了满人跑马圈地。满人的高头大马跑起来，直到马累得停下来，所有地方都成了镶白旗满人。我姥和家里也就这么成了满人，但她是个正宗汉人。我姥也是东北口音。

机缘巧合，我姥爷和我姥姥原本离得千里万里，却都在幼年搬到了尚志县帽儿山。姥姥大姥爷两岁，他们做了邻居，也是小学同学。姥爷家里有好多个铺面，日子总归是好过的。他们结婚的时候，一个十六岁，一个十八岁，是家里说好的娃娃亲。可没承想，结婚没多久，两家的大人相继去世，姥爷也不大抗事儿，家里的铺面也相继被卖掉。一个十八岁的大姑娘跟着十六岁的丈夫，带着六到十四岁的三个孩子——我姥爷的一个弟弟和两个妹妹，日子一下子艰难了。

姥爷还是个半大孩子，父母突然离世，一家子的重担压在他身上，他也不知怎么办。他在炕上躺了一个星期，有一天突然起床，和妻子说，要上山当"胡子"（土匪）去，然后就离开家。此后，十八岁的姥姥拉扯三个孩子，过得更艰难。

姥爷并没有上山当"胡子"，他机缘巧合做了铁路工人。姥爷是我们国家最早的技术工人，他是一名电工。二十多岁时，姥爷出了工伤，被电线杆压坏腿。是的，我姥爷是个瘸子，他O型腿很严重，走路一瘸一拐。

年轻的姥爷住在医院里，姥去医院里照顾他，还带着刚出生没多久的大女儿。在姥爷的贴身行李里，姥发现了一本证书，唬得魂飞魄散。那时，离新中国成立还有三年，那是一本中共党员证。这时，姥才知道姥爷早就入了党。

姥爷心细、善良，是个开阔肯变通的聪明人。一辈子，生养了十二个子女，最后养活了九个。他一个人上班，养活家里十一口人，在家里有说一不二的权威地位。姥爷善于算计，不管买米面，还是买布匹，总能想到合适的方法，就为了少花钱多办事儿，还要让家里人吃得饱、穿得暖、过得好。

退休前，姥爷是小城配电所的所长，俗称"电霸"。姥爷在小城多少有点"威势"，结交了各个行业里的"翘楚"，医院院长、公安局局长、学校校长……总之，各种行业的都经常来姥爷家里做客。但姥爷退休比他们都早，为的是给他唯一的儿子——我舅舅，接班成为一个国营工人。

姥爷一退休，就潇洒地拿着铁路的"待遇证"乘了火车，跑到祖国的南方去游历了。姥爷虽然瘸，却是家里走得最远的人，去过广州、厦门、桂林、贵阳……八十年代初，一般人家还没条件旅游。可姥爷在桂林象鼻山、昆明石林、厦门鼓浪屿都留下身影，而且每到一个景点，一定拍个照片。我们全家几十口人，都跟着姥爷的照片，去了这些城市的名胜。我的童年，曾无数次翻看姥爷的旅游照片，听姥爷讲南方的事情。

姥爷每次出门回来，全家几十口子，女儿女婿外孙都有礼物。小学二年级，学校流行电子手表，我看着真眼馋。没多久，我姥爷从外面回来，给我们都买了一块电子表。那次我也第一次喝到可口可乐，姥爷说这个饮料最时髦，让全家人轮流尝尝。当时，大家喝完这瓶从广州带来的饮料，众口一词地评价：难喝，一股中药味。

姥爷是小城第一批买十二寸黑白电视机的人，招待过街道上所有邻居看《霍元甲》。我印象深刻，房间里摆满小凳子，大家看完《霍元甲》都拿着凳子离开。他也是小城第一个买进口彩色电视的人，二十二寸、带遥控的索尼电视机，也是从厦门买回来的。姥爷在厦门买回来不少"水货"——双卡录音机、进口电冰箱。

姥爷没有白转悠，他能嗅出来商机。姥爷从广西进了橘子，拿回小城卖，每一次都是一车皮（火车货车车厢）。那些年，入秋后，小城人吃的橘子，大多是广西橘子，都是我姥爷贩运回来的。我姥爷赚了些钱，也赔过，但总归是赚的多些。全家十几口人都不会做生意，就看着姥爷做生意，跟着姥爷吃橘子。

姥爷也不在乎赚小钱儿。他有个做农民的女婿，就要充分利用身边的资源，就要做农民的生意。他回老家帽儿山贩运过"架条儿"——用来给农民种地绑豆角黄瓜的杆子。他找到货源，我爸就能找到销路，"架条儿"的生意小，可每年都能做，姥爷是不怕麻烦的。姥爷也一直帮人放贷，把城里亲友的闲余钱借给农民。不管城里人还是农村人，都信得过他这个"保人"，我姥爷在其中抽一点点利润。赚的钱不多，也是个进项。家里的钱，还不是这么一点点赚来的？

不出门做生意，姥爷就像家里的国王，优哉游哉，守着家里的小院子。百十来平的小院，拾掇得整洁、美观。院子里小路上铺着方砖，用红砖围成的矮墙分割出小菜园、小花园。菜园里栽种黄瓜、豆角、茄子、柿子、小辣椒等蔬菜，花园里有一小片草莓，几棵黑加仑，沙果树、樱桃树都在墙角落里栽上。院子台阶上还养了君子兰、月季、灯笼花，外加一条黑白花的小母狗。当然，还有他的大外孙女——我。

厂子广播里播放上班的音乐，全家人都跟着音乐上班。家里只剩下姥爷、姥姥，和年幼的我。三个人坐在小院子里，姥爷悠悠闲闲地拿个苍蝇拍，去打不多的绿头苍蝇，和飞来飞去的小虫子。姥姥手里摘着菜，或者洗衣服。我呢，坐在水泥地面的板凳上，看看天，看看云，或是去追个蜻蜓，捉个蝴蝶。

太阳总是最大的时候，阳光总是最耀眼的时候。世间的美好，都停留在那一时刻那一地点。这些画面生长在我的记忆中，永远温暖、滋养着我。似乎这半生，很多幸福都是从这个画面中走出来的，是安全、舒适、自在的所有来源。这个画面深藏在我的记忆中，从未走远，也只有在那里，我才是一个被人照顾的孩子，不需要为任何人负责。

在大太阳底下，我和姥爷也会有一些没什么意义的对话，比如：

"姥爷，你干啥用水冲泥球啊？"

"傻孩子，那是厂子刚发的黄泥咸鸭蛋啊。姥爷给你扒了吃。"

那时光，厂子盛到极时，经常发各种物资，从用的到吃的。小城里的人和厂子同呼吸共命运，所有人都在这条轨道里生活。我和我姥爷，和我们所有的家人都在这样的轨道里生活。

春天，姥爷给我做过万花筒，我也不知道啥叫万花筒。就只见他找了一大块玻璃，费劲巴力地割下来，费劲巴力地把三块长条玻璃粘好，老姨找了老舅结婚时候用过的彩纸包裹好。祖孙三代，为了做个新奇玩具，在初春的苏联老房子里，忙乎了大半天。

万花筒做好了，我用它对着太阳照，细细碎碎的，亮亮晶晶的，各种新奇的图案，只要手一动，就绚烂多姿，千变万化，五彩缤纷。这是我当时能想到的最好、最恰当的词了。那天，我很高兴，好像家里所有人都跟着我高兴。那天的风带着一种春天的温暖的气息，那天的太阳暖融融，不扎眼，那天的天色淡蓝淡蓝的，没有一丝云。那天的万花筒，是我这一生最珍贵的玩具。

只是我还小，哪里懂得珍惜。玩够了的万花筒，没多久就丢在一边儿。当岁月的河流终究远远带走我，当我已经进入了另一条河流，那个万花筒，会一次一次地出现在我的记忆里，一次一次地让我泪流满面。每次看到万花筒，我都会想我姥爷。

姥爷脾气大，一言不合，就喉咙响起来，不管有理没理，都要讲出他的"歪理"，这是姥爷在这个家的特权和地位。家里的大事小情，都是姥爷说了算。并不是说姥爷霸道，要求所有人都听他的，而是所有人都没他的见识大，没他的方法好。一家人心甘情愿，被他训斥，也听他教诲。姥爷待家人心细、体贴。我还记得，姥爷在院子的方砖地里，用小煤炉烧了炭火，我蹲在他脚边看着。

"姥爷，你在干啥？"

"姥爷焙绳子，给你老姨当药吃。"

"姥爷，绳子当药吃，能好吃吗？"

"磨成粉末就能好吃了，你老姨吃了绳子，没准能给你生个弟弟妹妹呢！"

……

一段棕绳子，凝聚了姥爷及全家人的盼望。盼望有时也会生出运势。服了棕绳子过去没多久，老姨居然怀孕了。就连我初潮时肚子痛，也是姥爷指挥我妈去买北京同仁堂产的乌鸡白凤丸。姥爷说："其他牌子的都不行。"

所有人都高高兴兴进入九十年代了，姥爷也到了七十岁大寿了。五姨夫把钢铁厂里电视台的摄像组请到家里，为姥爷的生日宴会拍摄，那真是要多风光，有多风光。一大家子人祝寿，摄制组在家里进进出出，看的是分厂厂长——老五女婿的面子。寿星和女儿女婿外孙外孙女几十口人，吃饭的，喝酒的，一大家子所有人的脸都乱七八糟地录进了镜头。我最合算，唱了一首当时最流行的《小芳》，录像时间最长。至今，那段录像里还有一段我的歌唱表演。

大厦将颓，却没人看得出。

两年后，姥爷被发现患了癌。知道消息，我失声痛哭却心存幻想。我去医院看姥爷，他躺在医院，头、脸肿得很大。我看到他，眼泪就流下来。姥爷的喉咙还是很响，中气十足，大约是在劝我：没办法的，哭也没用，谁得了这个病，都是个死。

我哭得更厉害了，想控制自己，却不能自抑。我拿了姥爷的痰盂，去卫生间洗上一洗。我潜意识里觉得要为他做点什么，他来不及等我长大了，我只能为他倒一次痰盂。

姥爷留给我的最后一帧画面，是他坐在秋天的暖和的阳光里，剥一盘豆角的豆子。他瘦了不少，说话声音很轻了，眉眼都顺和了，好像一辈子的努力和算计都在消散。那时候，我那么傻，我天真地以为姥爷从此就会好起来。

秋天再冷一些的时候，姥爷去世了。他躺在殡仪馆的棺材里，我被家人拉扯着，都不让我走近。我还是拼了命地让她们给我再看看姥爷。姥爷很瘦很瘦，一辈子都没有这么瘦过，他穿了一身深蓝色的中山装，戴了一个深蓝色的帽子。不管我怎么哭，他也不会爬出来，高声亮气地和我说话了。

姥爷走了，这世间的一切，他都不用管了。

姥爷去世了十几年，我才有机会带着父母走了一遍姥爷曾走过的路。相隔了三十多年，象鼻山依旧没有变。我在姥爷曾拍照的位置上，给我的父母拍了一张照片，入照的依旧是竹排和同款的鱼鹰。那一刻，我突然非常想念姥爷。当年，他拍照的时候，不会想到他的大外孙女有一天会在象鼻山想起他，泪流成河。姥爷去过的地方太多了，我至今还没走完。

很多年后，姥爷七十周岁宴会的录像被翻录成 VCD，我在这段视频里看到，曾多次走入我梦境的姥姥和姥爷。好像姥姥和姥爷没有走，他们就活在那盒录像带里。我对着屏幕轻轻唤了声"姥""姥爷"，泪水缓缓流下来。久别重逢，他们却不能回答我了。

忙不过来，或者只是想偷懒，我也会煮珍珠翡翠白玉汤。这个汤里简单的滋味，是我姥爷教给我的，不用放豆腐，也不用放菠菜，纯属为了省事儿，纯属为了哄骗肚子。我还把这个皇帝吃过的汤教给我女儿，因为比较容易学习，她也学会了。

炸小鱼

炸小鱼是个解馋的菜，不仅有鱼，油还大。油不多，鱼就炸不透，炸不透就不脆、不香，就不够那么解馋了。那样的话，不仅浪费了鱼，还浪费了油。所以炸小鱼，必须多放油。这菜营养怎么样，不好说，但是味道一定是好的。夹一条小鱼放嘴里，酥脆、咸香，吃得美。做法也简单，小鱼洗净，搁点盐、料酒、酱油、胡椒粉腌十分钟，再用水冲洗一下。锅中油烧热，放入小鱼、小火慢炸。炸至金黄色捞出控油，小鱼上桌前，撒点辣椒粉、椒盐粉和黑胡椒碎。金黄色的外观，香香的味道，脆脆的口感。

要说经常来我家的人，对谁又亲热又有微词，那就是陈二姨夫了。不是说二姨夫人不好，只是缺点明显，那就是抠儿。说好听点是节俭，说直白点是小气、吝啬。那辰光，谁也说不得谁，吝啬不吝啬的，谁家又不是"一分钱掰成两半花"呢，可二姨夫好像比大家都要更"抠儿"一点。他本着"人不求我，我不求人"的不相来往的态度和大家相处。不知道为什么，二姨夫还是喜欢来我家，还喜欢干农活。

我家并没有土地，妈下岗以后，日子很难，爸妈租了很多土地，种地终归是可以活下去的。就算一麻袋的茄子只能赚十元钱，他们也不想放弃这个营生。

有一年，刘家的结巴三叔来找爸一起出门做生意，他们去了广州。那些运回来的旧轮胎，是他们做的一次"发财梦"。那一年，家里只种了一点地，生意没赔没赚，发财没有成功。只是爸和刘三叔，第一次去了那么远的南方。

第二年，妈不让爸去做生意了。

再两年，结巴刘三叔又来了，他想和爸一起去俄罗斯种地。他说，老毛子不会种地，但是干农活的"家把什儿"地道，全是机械干农活，但是土地终归需要侍弄。他想和爸带一群农民，去俄罗斯包地种，据说蔬菜在那边卖价很好。就拿大头菜来说吧，价格是小城的几十倍。那是啊，小城的夏季蔬菜稀烂贱，几毛一斤的大头菜，遍地都是。

这一次，爸活了心思，妈是一定不允许他去了。俄罗斯又远又危险，到底能不能赚到钱也是两说。宁可土里费劲巴力地刨食，也冒不起风险啊。

基调定下来，爸妈就铁心在家种地了，人手不够，就雇佣以前车间里的工友。那时起，二姨夫就经常来了。可是我不知道，是不是给二姨夫钱的。二姨夫有工作，他在铁路上是国营工，他是"三班倒"，休班必来。

二姨夫和二姨还有妈都是一个农场下过乡的，他们之间有"阶级感情"，可似乎只是这样，二姨并不是我妈的铁磁。

看到过二姨在菜场吵架。

东北人的小买卖做得是一个粗糙，小老板和客人都要个爽气。比如买水果，你说买两个，老板一定和你翻脸。"你逗我玩啊，不买一边凉快去，今天不卖了"，这是人家嫌弃你买的少。比如买青菜，人家也是一捆一捆地捆好，上秤之前，你要把黄叶子扯掉，小老板一定扔下秤钩子"不卖了，不伺候了，你别地儿买去吧"，这是人家嫌弃你烦，不想伺候了。二姨和人家吵架，是因为太挑剔，不过就买几个香瓜，把车老板的半车瓜都捏过、看过了。车老板子也是下屯来做生意的，不知道二姨的能耐，他不想卖了，可还不行。二姨拉着他讲道理，说他农村人不敞亮啊，没见识啊，买瓜当然要买好的，咋那么怕挑呢……烦死个人。我从旁边路过，也快步走过去了。

二姨夫倒是不分冬夏地来，有活儿来，没活儿也来，也看不出什么毛病。我们吃什么，就添双筷子给他；我爸喝什么，就添个酒盅给他。他也不挑，也没法挑，谁家不是这些菜呢？冬季里白菜土豆萝卜酸菜，只有夏季才有鲜灵的蔬菜可以吃。谁家都没钱，哪有天天吃排骨的人家呢？我没搞懂我家和二姨夫的关系，总不是雇佣关系，可是哪有朋友天天来帮忙干活的呢？

我不知道我父母是不是给他计件工资，至少他走的时候，都会带走很多蔬菜回家吃。这很正常，稀烂贱的菜，家里有，干吗出去买？带菜不管是不是"客情"，每次都是要带的。

我爸有个拖拉机，经常出毛病。二姨夫也是忙前忙后的帮忙，他是机务段的工人，修理拖拉机也不在话下。有一段时间，二姨夫甚至带着朋友来我家，一起鼓捣这些活儿。我记得我爸对那个朋友还是称赞了好几次的。没多久，那个人离开东北，去关里工作了。

关里，这两个字就是多数东北人的乡愁。虽然绝大多数人根本没去过关里，可我们的祖父辈几乎都是从关里来的，一辈子带着乡音。我父母这一辈对关里没什么印象，就知道那边冬天不那么冷，春夏也更长一些。"关里日子好过"，他们说，他们对关里的向往，就像祖父辈"闯关东"时的心情一样。

关里人也并非样样都好。河南、河北、山东、山西的关里人，被土生土长的东北人认为"事儿多"。关里人"事儿多""讲究"，可没东北人简单爽气。二姨哪里事儿多，我真的不知道，我几年也看不到她。

但我知道二姨对一切投资都毫不关心，甚至于子女的学习也不在意。大姑娘、二小子成绩都很好，可她也没想多供几年读书，初中毕业都去读技校吧，有份工作就可以了，早上班，早得力。一般工薪阶层，要求不要太高。

二姨夫也会和我父母闲扯，家里养了两个丫头片子，还供她们读书，真是犯不上。不如攒点嫁妆，嫁个好人家，才是正经事。读书有啥用，看你家姑娘没我家二小儿聪明，花这么多钱，搭这么多心力，很可能是竹篮打水一场空啊。

陈家姐弟俩，模样都不错。穿戴都很朴素，看着毫无个性，在学校里不招灾惹祸，也没啥朋友。基本上扔到人群里，就再也找不见了。上下学、中午吃饭，都是独来独往。姐弟俩笑起来都挺好看，却也都很少笑。

大女儿能读高中，可二姨还是让她读了技校。二姨夫送大女儿到技校后准备回家，从市里通到区里的火车突然停运了。他在市里的火车站干等了几个小时，回不了家，也没舍得买个19路的汽车票，早点回到区里。听说华安厂开不出工资，职工们要吃饭啊。那天，华安厂不少职工都来卧轨，火车停运了好几个小时。为啥不买汽车票，因为铁路人有待遇证，以前通勤车根本不花钱。那天回到家太晚，二姨夫饿坏了，发面馒头也是多吃了一个。

华安厂是军工企业，是市里效益数一数二的大厂子。和平年代，军工企业确实没有用武之地，华安厂从人人羡慕的最金贵的企业，开始了最早的衰败。改革的苗头就这么开始了，华安的职工也最早下岗了。二姨夫都没有想到，下岗会像潮水一样，席卷我们所熟知的一切生活，小城的日子也将天翻地覆。

大女儿读了技校两年了，轮到二小子中考，二姨夫还是让儿子读了技校，没有选择去读高中。二小子脑袋很聪明，读个高中，没准能上大学。二姨夫觉得各大工厂都不行了，铁路还在，读铁路技校准没错。孩子能早上班，早赚钱，早点养活自己，这个道理也是没错了。

儿子读技校那一天，二姨夫又一次滞留在市里了，这次他是看热闹。和平厂改制，退休金发不出来，退休工人和家属们把151路公交车行走的路线堵住了。每个安静的老人，手里都举着纸盒箱子做的标语，他们的子女、孙辈给他们补给，一会递瓶水，一会塞个点心。那一天，静坐持续了三个小时。他们手里拿着硬纸板写的标语，大意都是"支持改革，但我们要吃饭"。

和平厂从军工企业改成了生产冰刀和自行车的企业，他们的日子一天难似一天。在职的工人吃饭都很难，退休金去哪里找补？和平厂也不行了，只是尚未下岗的，身处工厂的人还没觉察呢。

隔壁小城的钢铁厂轰然瓦解，四车间甚至给每个职工发了一麻袋大米，还鼓励职工们去种地。你让那些技校毕业的半大孩子怎么过日子啊？好像好日子刚开始，刚可以自己赚钱了，希望的亮光却熄灭了。

二姨夫只记得那天真热，真是特别热，是九月里不该有的热。可他也没舍得给自己买个冰棍吃。他在树下看了好一会儿热闹，才慢慢悠悠走到火车站。公交车停运，可"11路"（双脚走路）还在啊。二姨夫心里也是有点得意的，毕竟只要有人需要乘火车，铁路就不会倒闭，吃饭总是不成问题的。

我读高中时，二姨夫家的姐姐已经从技校毕业，工作没几天，就几乎失业了。亚麻厂都快倒闭了，根本不需要新的技术工人啊。大姑娘只能去市里找些站柜台的工作，比如蛋糕店、卖家具、卖窗帘的工作，一板一眼的工作还没问题。

大姑娘不能去卖衣服，也干不了酒店大堂、客房经理等一些收入相对高的工作。她一不会打扮，二嘴也不巧，三心思倔强，稍微要求脑筋活络一些，要说道儿的行业，真是干不了。用二姨夫的话说，就是"伺候不了人"。

我读大学时，二姨夫家的弟弟已经工作了。果然没有走错，铁路上确实有口饭吃。不仅有饭吃，还有一身深蓝的工作服穿，买衣服的钱也是省了。可除了这些，真的没有更多了。二小子先从养路工干起，再后来也去跑车了。二小子专门跑远线，从市里到浙江，单趟三十九个小时，算头尾，来回差不多要六天。活儿也是没啥，辛苦也是没啥，赚钱还可以吧。

二姨夫不愁了，儿女养大了，也有了工作，任务结束了。就连子女的婚事，他也不愁。那几年，我和妹妹相继结婚，眼看着他家的大姑娘超过了三十岁，二小子也二十八，却都没有对象。

其实大姑娘差点结婚，男孩子是技校里的同学，市里人，父母也是铁路职工，也是忠厚老实的人家。本来很般配的婚事，却在结婚前"会亲家"的事情上闹翻了。其实也没多大的事儿，会亲家当天，男方负责所有的酒席的开销，在市里饭店摆了几桌。男方家亲友多，而且和睦，当天基本都来了个差不多，居然摆了八桌，比预定还要多两桌。二姨家亲友本来就少，当天去的也确实稀稀拉拉没几个，也就两桌亲戚。吃了饭，亲友们要回小城，多数是铁路职工，当然是相约了乘火车回来。二姨不知道哪里来了邪火，觉得男方处置不周到，为什么不打几个车，把亲友们送回去呢？其实二姨心里也憋着气，自家亲友少，且没有能长脸的。

二姨不高兴，亲家也是赔着笑脸。男孩家掌事的三姑赔了不是，也解释说自己忙晕了，真是没想到，希望亲家多包涵，婚礼一定给整得热闹妥帖。二姨见人家认错，又不依不饶了，一连串说人家一堆不是。都是些个无伤大雅的小事，比如"为啥酒席上用"中南海"不用"红塔山"？"为啥男方邀请人那么多，也不事先说清楚，是不是挤兑女方亲友少？""为啥大菜有几桌上得慢了，量也不够多"……一开始亲家三姑还赔着笑脸，"中南海"是堂哥从北京带来的，说现在流行用这个烟；大菜上得慢了是今天亲戚来多了，饭店也置办少了；家里亲友太多，又都太稀罕新郎，新郎仁义，没想到来吃席的人这么多……

到了后来，二姨眉毛一立，说话也难听起来。人家掌事的三姑和亲戚们也就没了耐烦。再后来，大家吵吵巴火的，也就不那么顺应二姨意了。其实真的也是没啥，可二姨后来还是心口疼，会亲家不欢而散。

二姨回去，也是窝火，对婚事各种"说道儿"。三番两次下来，男方也就不让着她了。她呢，更是窝火。最后，居然就逼着大姑娘"要么长脸，事儿按我的办""要么就断了这门不顺意的亲"。大姑娘能有啥"章程"，哭几次，闹几次，男方也就熄火了。

二姨家喜事没办成，可日子也过得消停了。没有啥烦心事儿，不为姑娘嫁人烦恼，也是个好事儿。二小子好像有了姐姐的前车之鉴，也不大上心找对象的事儿。毕竟谈对象也未必谈得成、处得来，但是在他们眼里花销是泼出去的水啊，谈不成也收不回了。更何况，就算二小子不这么想，可知根知底的人家，也不想自家闺女有个胡搅蛮缠的老婆婆啊。

一家人都"隔色"，不大与人往来。还是那句话，家里的咸菜带到单位，都不愿意给别人吃几口。一般人家，真也不敢和他们"轧亲家"。

　　二姨夫小气，却还给我们送过鹿肉。没错，是鹿肉。大约是某一年的年前，冬季里，房间里热得冒汗，我们一家人穿着衬衣裤围坐在炕上，吃刚从外面窗台上拿进来的雪糕。窗户上早结满了白花花的窗花，不用说，外面的天气冷得能冻掉下巴。乌漆麻黑的大晚上，外屋的大门突然就打开了。二姨夫穿着派克服出现了，他带着通身的冰雪气，棉帽子上也结了霜。

　　我们家灯光是昏黄的，只是偶尔才点日光灯，我不知道是不是为了省电。但是一般不应该，这种地方，我的父母没有这么算计。总之那天，二姨夫来了，他拿了个网兜子，带着通身的凉气。然后说是一块鹿肉，"连桥儿"（连襟）从山里带来的，给我们尝个鲜。

　　然后，他就走了，好像顶风冒雪的就是送了块鹿肉。

　　鹿肉，我们也不会烹饪，但是想来，总是做熟、吃过的，只是我根本不记得味道。

　　本来，二姨夫也就这样一直过下去，谈不上好，也谈不上不好，终归退休了，能在小城里拿着不少的退休金。可是，并没有。二姨夫连这个谈不上不好的日子也没有过到底，退休金更是一天没拿到。

当我家也不做农活了，二姨夫也就不大有来我家的理由了。休班时，他喜欢去钓鱼。钓鱼挺好，清静，还有鱼可以吃。小城的水泡子、芦苇荡子、江堰很多，去钓鱼也是容易。二姨夫去钓鱼，大约也会带点小酒，干豆腐丝和馒头。他必是一个人，和以往一样，不和人来往。兴许也能遇到一两个说得来的吧，谁知道呢？

那一日傍晚有很红的火烧云。二姨夫那天钓鱼的战利品很多，一网兜的"麦穗"（一种小鱼），回家正好可以炸。虽然费油，但也是难得的好吃啊。他收拾好东西，骑上自行车，在环绕着水泡子的芦苇丛里穿行，车把上兜子里挂着不少"麦穗"，约莫过了二十分钟，到家就可以添个菜，吃晚饭时，再来杯白酒，多好的日子呢。

那一日的火烧云太美了，西天烧得红火火的，就算钓鱼的人也难见这么好看的火烧云。水泡子边上，老少爷们都抬头看着火烧云，看得差不多了，才收拾东西回家吃晚饭。

当他们成群地穿行在芦苇荡里时，发现了倒在地上的二姨夫。二姨夫不知道为什么摔倒在地，他面朝下倒下了，正倒在一个很浅的水坑里。只怪那天的火烧云太带劲了，大家看火烧云的工夫，就那么几分钟，二姨夫却再也救不回来了。

人送到医院，医生说救不回来了。推测可能是心梗。心梗，心被堵住了。二姨夫一辈子都没有过心口疼啊，就这么，只疼了一下，就去了。

那天的"麦穗"，他没吃到。

他在普通的、有火烧云的一天去世了。我的父母都去参加了他的葬礼。一家人哭也哭得伤心，可葬礼也是做得很简单。人都死了，装什么盒儿不一样，买骨灰盒儿时，还是挑了最便宜的那一款。道理也是没错。

我们都替他心痛，劳作一辈子，退休金一分都没拿到，就连那天，他钓的小鱼也没吃到，真的有点遗憾。

花生米

豆油倒进热炒勺，黄澄澄的，喷香，倒入花生米翻炒，略微加一点盐，就达到了酥脆浓香的巅峰了。这道包含了油脂、蛋白质的下酒菜，综合了香、咸的味道，最能安慰物资匮乏时的餐桌，尤其是喝酒男人的味蕾。

在漫无边际的劳苦生活里，酒是男人们最好的朋友，能治愈他们内心有或没有的各种哀伤；或者说，生活的风刀霜剑啊，你尽管来吧，喝完这半瓶高度数白酒，老子又是一个英雄啊。几杯酒有时能抵挡一切，至少能带来片刻的昏迷不醒，不在意这尘世灼灼的痛。

在通往英雄的路上，只有酒，就未免寂寞，必须还得有点啥"嚼谷"。猪头肉不是天天吃得起的，干豆腐丝虽说花个块八毛钱就够，可味道总差了那么点意思。好像只有花生米，最廉价，最够味，吃起来嘎嘣脆，和着酒噷一起咽到肚子里，贼般配。

油炸花生米是我家里最常见的下酒菜，这个菜多年来在酒桌上屹立不倒。幼时，来我家喝酒的人始终都很多，现在我讲讲这些来喝酒吃花生米的叔伯的事情。

我姥家住在西局宅粮店对面，沿着门口的那条路往东一直能走到铁路俱乐部，往西能走到西江堰；我家住在阿香食杂店后面，沿着我家那条小路，往东能走到西局宅粮店，往西能走到铁路小学。富大舅家住在哪里呢？他们家没法说，往西的斜对面是公共厕所，一出门就能看到，但闻不到气味，再斜过去就是铁路小学，铁路小学的对面是托儿所，托儿所隔着一条小路就是富大舅家。从富大舅家画线，把我姥家，和我家连在一起，应该是个三角形，不等腰。富大舅到我家，跑跑五分钟，到我姥家三分钟应该够了。

富大舅和我的妈妈阿姨们从小就是伙伴。富大舅住在苏联房子里，家里有富姥姥、富大舅妈，还有富大舅的两个女儿。大女儿比我小一点，小女儿比我妹妹小一点。我和妹妹与富家的姐俩从小就是伙伴，按老话说，这是"父一辈，子一辈"的关系。

富大舅好像和我认识的很多人都不一样，这么说吧，他家特别干净、整洁、安静。平房多爱招灰尘，富大舅家好像不招灰尘。红色的木地板，一尘不染；蓝色的木头窗框，一尘不染；床铺上的床单都是浅颜色，一个褶皱都没有，也是一尘不染……我猜那建了八十多年的苏联房子的些微朽了的窗框缝隙里，也是一尘不染。就算是冬天里要烧柴、烧炭的厨房，也是擦洗得干干净净，没有一点炉灰，没有一点柴火的飞灰，都是一尘不染。

还有同样一尘不染的是他家的两个姐妹，都生得雪雪白，穿得透透亮。哪像我妹，下雨天里去水沟里戴手套，把泥糊满整条手臂，然后高高兴兴回家，脖子里的泥好像总也洗不干净。我比我妹妹好些，可也绝对绝对比不上富家的姐俩。远近闻名，这道北最干净的人家，非他家莫属。

富大舅也白，国字脸，络腮胡子剃得露着青黑的胡茬。他高大，身形就是个壮汉，可他脾气温和得面团似的，好像就少了点男人们的"药性"。在东北，爷们都是粗嗓门，闲的时候光着膀子抽烟喝酒，乱吼吼地打麻将，可富大舅不这样。他不爱烟酒麻将，他喜欢钓鱼、养花、养小兔子，他会修理当时为数不多的家电、自行车，以及很多生活中的小玩意。他会盖房子、砌火墙子、砌火龙、改烟道。我猜打毛衣他也一定在行。好像不是我猜的，而是听我妈或者阿姨讲的，他真的会打毛衣、缝补被套。

我还很小，对这一家却很熟悉了。总听我姥说，富姥姥不容易，不到三十岁就一个人拉扯两个孩子。富姥爷抗美援朝，在战场上没有回来。没回来的富姥爷，也只有二十多岁，那时候他当然不是"姥爷"，他也不知道我。

富姥姥和富大舅都安静、话少、爱笑，富大舅妈也安静、话少，却不爱笑。大女儿玲玲也安静、话少，就小女儿陪陪话多、爱笑。

说到陪陪，这个名字真是一个故事，有时代背景。富大舅是家里的独苗男丁，富姥姥在有了一个孙女后，太想要个男丁了。那也是，如果富姥爷从朝鲜战场能够回来，富大舅或许不会是唯一的男丁了吧。

富姥姥想要个孙子，于是有了陪陪。不仅还是个女娃，还违背了当时计划生育的国策。富大舅和富大舅妈都有公职，怎么能不处分呢？听说了厂子里要处分富大舅，富姥姥走到厂长办公室，安安静静、不吵不闹，只是掏出了烈属证拍在厂长办公桌上。富姥姥眼泪一滴一滴掉下来，厂长也一下没了脾气。谁不知道呢，这女人年纪轻轻，家里男人就为国捐躯了，几十年的漫长岁月拉扯两个孩子成人，不容易啊。最后，厂子破例没有处分富大舅，但是罚款是躲不掉的。

不管咋说，这个寂寞的家，总算又添了新丁，哪怕是个"赔钱货"。给孩子取名字的时候，富姥姥做主，就叫"陪陪"，就是赔钱了的意思。陪陪一天天长大，后来，她是家里最会笑的人。

富大舅不爱串门，假如说我家、我姥家、我姨家不算是串门的话。富大舅经常来我家，经常来。来了也是安安静静的，别人一说话，他笑一笑。别人一嚷嚷，他笑一笑。别人问他话，如果他不想说，他还是笑一笑。

富大舅话少，可是手巧。我和妹妹都喜欢他。那时候没有闭路电视，电视机信号很差，每次他来了，或者他不来，演《聪明的一休》时，看到满屏的雪花点，我们都会一路小跑去富大舅家找他。他慢悠悠穿上衣服，踩着自行车就来了，我们照样一路跟着跑回来。他到了屋里，拨弄下天线，拍拍电视机，调调按钮，总会把雪花点改成动画片。有一段时间，电压不稳定，经常看不了电视。富大舅让我妈去买了一个"解压器"，安了这么个"电匣子"，至少电视能打开了。电视信号还是差，后来流行用铁听的"雪菲力"罐子挂在天线上，我们家也被富大舅安上了。雪菲力是什么？八十年代的东北，雪菲力就是孩子们的可口可乐啊。那时候还有一种饮料，叫格瓦斯，据说是一种苏联饮料，比雪菲力便宜很多。

再说回富大舅。

有一个冬天，我睡得迷迷糊糊。天还没亮，我妹妹就哭哭唧唧地从床上爬起来了，跑到我爸妈房间说自己头晕。我继续睡，后来我也觉得不舒服，爬起来，走路也晃晃悠悠。再后来，我也不记得了。

我彻底清醒时,已躺在我姥家的小屋里,我妹妹躺在我旁边。我妈坐在床边,抹眼泪呢。

我和妹妹煤烟中毒了。家里新砌的火墙烟道有了问题。我们姐俩儿住的是床,我父母住火炕,却是我们两个煤气中毒。我妈很自责,烟道是她找人改的,也不过就是为了让火墙更热。

我和妹妹在姥家住了几天。那几天,富大舅到我家去,重新改了烟道,砌了火墙子。大冬天里,干这个活也不容易,土啊泥啊都冻住了,可富大舅利利索索干好了,我房间的红色油漆地还能擦个干净,看不出有水泥点子。

有了富大舅的手艺,我们都能安心回家,也能放心睡了。

富大舅也陪我们玩,比如打扑克牌,那种让小孩子口算的"钩鱼"扑克牌。现在我都想不起来规则,可我们分明在我家的炕上玩过很多次。炕烧得很暖和,不管外面天寒地冻,房间里的我们都安心温暖,不问世事,只有眼前的输赢。

富大舅也帮我们削苹果。那时候哪里有什么好水果,苹果在冬天就算最高档了。不过,我和妹妹也有阔气的时候,意思是说有几筐苹果过冬。那时,富大舅每天来家里,我们都让他给我们削苹果吃。富大舅削好苹果,我和妹妹一人一个,拿在手里,咔嚓咔嚓咬苹果吃。富大舅自己并不吃。

有一天,我突然发现苹果皮更好吃,就和富大舅说,我要吃苹果皮，妹妹也跟着要苹果皮。富大舅削了苹果，我和妹妹抢苹果皮吃，剩下的苹果让富大舅吃。连吃了好些皮，还没吃够。一直催他继续削皮。过了一会，几个苹果吃下去了，富大舅突然说："小飞啊，大舅实在吃不动了，今天皮就不削了吧。"我们三个人坐在炕上，突然都哈哈大笑起来，那笑声到了现在都能听到。那时，我几岁呢？

那时候冬季漫长，我们家里倒是舍得烧煤的，火炕烧得很暖，灯泡瓦数也高，灯光亮黄。我妈在织毛衣，富大舅带我和妹妹一起玩。我爸不知道去哪里了，许是出门喝酒了。电视总共三个台，中央台、黑龙江台、齐齐哈尔台，可看的东西也不多。富大舅常和我们闲聊、闲玩，到了晚上八点多，就要起身走了。

一般他走的时候，就说两个字——走了。拿着棉帽子抱着棉大衣，就走了。我们也不会和他告别，我妈会说"大哥慢走"。

富大舅家里不缺钱，比我们周围的任何一家都不缺。富姥姥有烈属的补贴，富大舅在工务段是个国营工，富舅妈是初中的教师。收入很够了。

富姥姥操持家务，也会给孩子们做衣服，做得很好看。

富大舅喜欢养动物。物资匮乏的年代，一般人家养的都是产生经济效益的动物：养鸡可以下蛋，过年可以吃；养狗可以看门护院，剩饭也不浪费；养狐狸是可以卖狐狸皮的……可富大舅都不，他养兔子。小兔子真可爱啊，我常去富大舅家里看兔子，可兔子带不来钱。

富大舅也会钓鱼。富大舅有"水袄"，就是那种雨衣一样的胶皮衣裤，可以直接下水捞鱼的。钓鱼竿渔具自然不在话下，准儿是备个整整齐齐。我不知道富大舅钓鱼的功夫怎么样，我没吃过他钓的鱼。

我吃过富大舅侍弄的樱桃。快到夏天，樱桃红的时候，我特别喜欢去富大舅家里。一边吃樱桃一边玩，多好啊。樱桃真的也不好吃，又小又酸，只是看着很逗人。顺便看看小兔子，雪白的，带点黑色耳朵的，都毛茸茸，很招人喜欢。

富大舅也喜欢去我姥家。那么高大的他，佝偻着身体，坐在小板凳上，望着院子里的小园子，那些茄子、柿子、小辣椒。笑眯眯的，好像也没啥话。我姥也笑眯眯的，戴个眼镜，有一搭没一搭地问他。问啥，答啥，不问就啥也不答。一说话就笑一笑，不说话也笑一笑。

他坐够了，要走的时候也是两个字——走了。

我姥家也没谁送他，也没谁留他，一般也就是舅妈远远地喊一声"大哥慢走啊"。

富大舅很少喝酒，也偶尔会喝。家里没什么好菜，炸一盘花生米，是最常见的。买一元钱的干豆腐切丝，也是可以。富大舅不酗酒，不会多喝。真的喝多了，富大舅就不停地笑，也不知道哪里有那么多好笑的事情。

可我感觉富大舅没有那么多好笑的事情。一家子闷葫芦，哪里有那么多笑话。

我们曾和富大舅度过很多时光，富大舅也和我们度过很多时光。富大舅喝酒最开心的一次，是和我爸。那天，我那天生有缺陷的姨生了儿子。他就着花生米，和我爸一起喝了很多酒。他一直不停说，不停说：真替老七高兴啊！真替老七高兴啊！

那天，我知道，富大舅当我们全家人都是自己的亲人。

现在的我经常想，他喜欢热热闹闹的家庭气氛吧。我姥家姊妹多，一共有九个子女，其中有八个人叫他"大哥"，一个人他要叫"大姐"。姊妹们长大了，又成家，又有了子女，有更多的人亲热地叫他"大舅"。我们家里有吵闹、有欢笑、有一喝酒就多的姨夫，有牙尖嘴利的姨，有一群猴子一样皮的孩子，有一生气就张口骂人的姥爷……可富大舅只有干干净净、安安静静的家，他大约也是寂寞的吧。

富大舅有个妹妹的，只是嫁人后就很少回来。富大舅的妹妹是干部，在我周围都是工人、农民的环境里，干部真是不多，女干部就更是稀罕了。可干部也是一样啊，还是富大舅的妹妹，没什么特别的，也是个高大、白净、话少、爱笑的女干部。要说特别，也有的，每次提起这个，我的姨们都要笑上半天。

富家小姨脑子好，人聪明，唯独有一个缺点——嘴笨。这主要体现在——她吃鱼就要卡鱼刺，不会嗑瓜子，吃西瓜也不会吐西瓜子。好不好笑？

我们和富大舅失去联系很多年了。听说，我姥家附近已没人居住。原来那样热闹的马路也空空荡荡，长满荒草。那些苏联房子成群地孤单地站在荒草里。那些明亮了几十年的路灯早已不会照亮谁的路了。只是到了晚上，南局宅成群黑着灯光无人居住的房子里，仍有炊烟飘起，那是富大舅的房子。

据说富大舅一人还常住在老房子里。没有我们这些家里人，富大舅很寂寞吧，他也不会再帮人削苹果了。富大舅现在有七十了吧，现在家里炒了花生米，还有人陪他喝酒吗？

酱牛肉

东北人无肉不欢，可牛肉比猪肉贵，所以酱牛肉算有点"分量"的家常菜，不能总吃，但偶尔也可以解馋。牛肉要冷水下锅，为了入味可以在炖煮后，在汤汁里泡几个小时。想做好酱牛肉并不容易，要想酥烂、不塞牙，一定要炖得久。酱牛肉是不错的下酒菜，口味咸香，滋味浓郁，口感酥嫩。有碟酱牛肉，白面馒头也吃得有滋有味。酱牛肉的肉汤也不浪费，煮面也非常好吃。

方三叔是个本分的种地农民，方三婶也是。都是农民，他们和我爸不在一个生产队，我们互相都知道有这么一户人家，了解对方的底细，就是毫无来往。

不知道是什么机缘，方三叔一家还是成了我家的朋友，突然就走近了。

方三婶勤快，过日子仔细，是个正派人。为什么要注明是正派人呢？因为，唉，因为方老大的大女儿，特别漂亮的小芬是在东莞工作的。嗯，东莞工作，很多年前在东北屯子，确实有过这种事情。说起来，过年时，小芬回家，据说给每个方家的弟弟妹妹都买了礼物。她是乘着飞机回来的。那时，飞机对我们所有人来说，都离得太远了，可小芬是乘飞机回来的。方老大两口子翻盖了房子，日子也过得好起来，早就不种地，每天打打小麻将"享清福"了。

方老大靠女儿发财了，方家三叔三婶日子过得紧紧巴巴，从来也没羡慕过。当别人提到方老大，提到小芬，三叔三婶都臊得慌，脸色很难看。

小芬后来把她嫡亲的妹妹二胖也带去了东莞，二胖长得不如小芬。方家的女儿们，就二胖憨厚，其他的，都一个赛一个的水灵。

一年后，二胖回来了，据说是东莞的"活儿"太难干了，实在干不了。这话是我妈和方三婶们道听途说的，跟很多从东莞回来的小媳妇们说的差不多。二胖是个老实孩子，回来后并没有在家里新盖的大瓦房里住下，而是托了熟悉的大娘找了下屯的农民。

说是下屯，就是要比小城里的屯子更农村的地方。她火速嫁掉了自己，离开了家，嫁去更远的农村。小芬一直在东莞，前几年，据说过得挺不错的。如果哪家想去东莞，尽可以去投奔她了。

三婶的两个女儿，都比我和妹妹小。大女儿长得非常漂亮，二女儿略逊一筹。我妈说老二的嘴太大，像三婶。三婶在我家炕上一边打毛衣，一边唠嗑，她也会提方老大，也会提小芬。三婶不说他们不好，只是说，"俺家孩子能学到哪儿，就砸锅卖铁供到哪儿，如果都学不好，就老老实实绑在俺跟前儿，一起去种地，然后找个正经人家嫁了。咱家咋也不能让别人戳脊梁骨"。

我们都没有看不起小芬，我们都不是她，我们都不能代替她什么。也许她和我们一样，都是最心疼父母，最想过好日子的好孩子。我们都看不起方老大。我父母谈到方老大，都免不了看不起他，"靠卖女儿吃香的喝辣的，真不是什么正经人"。

方老大的弟弟——方老三是个穷人，却硬气得很，没人敢戳他脊梁骨。三叔三婶不知道是什么运气，不比别人偷懒，人家种地，他也种地，他比别人更起早贪黑；人家卖菜，他也卖菜，他还是比人家更起早贪黑；人家年底结钱的时候，他也盘算，可是就是都比人家差，他这么起早贪黑啊，就是比人家差。

我妈说，他就是栽在财运上了，他一直都比旁人赚钱少。三叔家一年到头，地里刨食，赚不了几个钱，基本都是赚光花光，维持个"本儿本儿"。

三叔家里打扫得干干净净，利利索索。一盘土炕也是擦得没有尘土。可除了一盘土炕，一个十八寸的彩色电视机，还有啥像样的东西吗？家具都是结婚时打下的，早就透着一股子过时了。过日子真仔细，买肉也是打牙祭，冬季里烧煤更是省得很。房间里当然不冷，可夜里的煤也不舍得压太多。早上起来，墙角都是霜花。三叔手摸到大茶缸，想喝口水，那水也是冰的。走廊里放了几个鸡蛋，都冻裂了。按我妈说，"一分钱掰两半花"。

和三叔家比，我们家日子要好过一些，可是供两个孩子读书，也是紧巴。两户紧巴的人一起挨日子，互相帮忙，你帮我干农活，我帮你运化肥。就算都是咸菜馒头，也是今天在我家吃饭，明天在你家吃饭。妈说三婶的大饼子贴得好吃，我没吃过，我家里不做玉米面的大饼子，我吃不惯，总感觉玉米面饼子咽下去剌嗓子眼。

其实，我没去过三叔家，虽然就那么近。我是这个家里的宝贝女儿，甚至没去过家里的田地。我好像过着另外的生活，我父母用尽力气，只为了我和他们不一样。

我在家的时候不多，难得回家也常看到三叔。一般三叔看到我回家，马上就要告辞走了。他怕招人讨厌，每次我父母挽留，他还是要走。有次我再三挽留他，他才留下。他偷偷和我爸说，不知道为什么，很怕你家这个大姑娘。三叔的怕可能也只是怕打扰，他的有限的判断里会认为读书的我更有出息，会看不上他这样的农民吧。其实，怎么会呢？

我在家过寒假的时候，三叔很少来家里玩。爸说，你在家，三叔不敢来。你一走，他马上就来了。

我妈也说三叔这两口子不讨厌，有"深沉"（大约是有分寸的意思），两口子勤快、干净、本分；三叔不贪杯，不吹牛，三婶不虚荣，不吹牛。讲实话，有了这两样优点，可以说非常难得了。漫长的东北的冬天里，不会吹牛，日子过得太过于寡淡。在炕上，在麻将桌旁边，不闲扯一通，太没滋味了。

在父辈卖命一样的劳作中，就算相对富裕的亲戚也吃紧的情况下，我们终于还是都长大了。就好像漫长看不到边际的冬天里，我们如同厚雪下的野草一样，一旦到了春天，就活过来了，还能茂盛得长得到处都是。经历过寒冬，人间多难，也都能坚韧地挺过去。

我家是最早搬离小城的人家。我姥姥和爷爷相继去世了，我父母就失去了继续留在老家的理由。爸决心离开他耕种半生的黑土地，妈也早想离开她已买断工龄的工厂。他们要搬去北京了。

卖房子时，爸要把他开了二十年的拖拉机卖掉。那台拖拉机为家里做出很多贡献，爸最放心不下的就是它。虽说用了二十年，可拖拉机里的电机都是全新的，一般人买，他还真舍不得卖呢。他要好好安置这台拖拉机，安置这个相处了二十年的老朋友。

后来，拖拉机是三叔买了，方便三叔干农活。爸也喜欢这个安置结果，三叔他一定会好好用这台车。

三叔的日子也马上见亮了。打工的大女儿相谈了有固定工作的城里的对象，小伙子很踏实；二女儿从小成绩就一直非常好，考上了大学，踅摸着回市里考公务员。

我不知道我爸妈离开老家的细节，我早在那之前的很多年就离开故乡了。他们把家里一些能用的工具都给了三叔三婶，他们和三叔三婶间一定说了好些个告别的话，我爸妈一定也邀请他们来北京的家住几天，玩几天。

那年穿上毛衣的时节，爸妈办好姥的后事，离开老家。

为了开启新的人生，我的爸妈头也不回地离开老家了。

某种角度说，那是一次普通的告别。可实际上，那次是三叔和我爸真正的道别。

第二年开春，爸已渐渐习惯了北京的生活，也和楼下卖馒头的老吕，隔壁小区的爱跳舞的单身老赵，以及爱养鸟的老杨大哥建立了聊天、打麻将的关系。妈按照原计划回老家办事。

爸经常给三叔打电话，聊个天。三叔的日子好起来了，打电话听他很高兴，说家里换了全套家具，是准大女婿刚买的；二女儿公务员成绩也很好，去区里谋个职也有了眉目。三叔说，两口子再苦一两年，大女儿成家了，二女儿有了收入了，两口子就不用这么拼命种地了。

那一年"五一"假期，我来北京旅游。在家中吃早饭时，电话铃响起，却是一个坏消息。方三叔突然去世了。三叔夜里去上厕所，去了很久也没回来，三婶找过去，发现他倒在厕所门口，人事不知了，到了医院已经无法抢救了。

再苦一年半载，日子就会更好过的时候，方三叔突然死了。

爸听到这个消息，很是发了一会儿呆。不断地叨咕，才五十三岁啊，五十三岁，忙了一辈子，没过过享福的日子啊。那天，尽管神情有点恍惚，爸还是按照原计划和我去了八达岭爬长城。爸也站在长城上笑的。

妹妹不允许我提三叔的伤心事，提了又有什么用？只是不提，难道就没有发生吗？三叔再也回不来了，我们每个人心情都不好，为了三叔。那天晚上，爸回到家，一个人坐着，还是失神地沉默了好一会儿。

丧礼办好，爸妈又去看了三婶。最开始，两人都没掉泪。三婶说："那几天老三想吃酱牛肉，我一直和他说过两天再吃。当时，我为什么不给他做一顿呢？让他没吃上就走了……"

我想，说到这里，两人都掉泪了。

听到这里，现场的我们都沉默了。那片刻的时光，是我们祭奠方三叔的。

方三叔就这么走了。爸经常念叨那台拖拉机，他不知道那台拖拉机去哪里了。他说，那是一台好车，零件都是最新的。

我没有再回过老家，也不可能去坟上看看方三叔。我们都希望他在另一个世界，能顿顿吃上酱牛肉，想吃就能吃上。

家常凉菜

东北人爱吃新鲜蔬菜，而且特别喜欢凉拌，"家常凉菜"最为著名。"家常"意味着随机，就是家里有啥都可以拿来凉拌。东北的黑土地肥沃、有力，种出的蔬菜也水灵、清甜，拌菜尤其好吃。就拿我家说吧，我爸能凉拌"全世界"，白菜、土豆、包心菜、青菜、茄子、豆角、黄瓜，甚至苦瓜、莲藕、干豆腐……所有食材都切丝，搁点盐、酱油、醋、辣椒油、芥末油、糖，拌在一起，菜就得了。浇上一勺花椒油，滋啦作响，鲜香四溢，满屋嗷嗷待哺的嘴都张开了。一上桌，喝酒的、吃菜的，筷子头齐刷刷往盆里夹菜。

是的，在东北人家里，家常凉菜必须用小盆装。盘子太小了，就算堆到上尖的量，也不够吃啊。

凉拌菜分两种，一种是混合拌，一种是单拌。家常凉菜主要是混合拌，白菜、干豆腐、粉丝、胡萝卜、肉，合在一起拌，最为常见。食材中，哪个菜多点儿少点儿，问题都不大。家里白菜多了就以白菜为主，胡萝卜吃不完就多搁点胡萝卜，菜无定法，好吃就行。虽说是个家常菜，大酒席里都少不了，为啥呢？原因很朴素又感人，大家都爱吃呗。

家常凉菜有点像东北人的脾气，随遇而安，有几分钱办几分事儿，如果条件差，就把现有的条件尽量做到最好。家里荤菜吃不上，蔬菜也吃出滋味来。这种性格，在我爸身上就非常明显。

我爸生在河北，长在东北，他是闯关东的第三代吧。关于第三代，只是我的合理猜测。我爷爷出生在满洲里，出生后就往返河北老家和东北、内蒙古，家里是做小生意的。以此推测，我爷爷至少是第二代。我爸跟着我爷爷来东北定居，已有十岁了，那次他们全家是乘火车来的东北。那条铁路就是中东铁路，而他们落脚的地方，就是我的故乡，一个具有俄罗斯风情的东北小城。

这个小城是伴随中东铁路而诞生的，当时这一站点是仅次于哈尔滨火车站的二级站。因为铁路建设需要，再加上为列车给养、送水等功能，曾有四千多俄国人在我的故乡生活。俄国人不仅在我的故乡修建了铁路，还有列巴店、"喇嘛台"、俱乐部。就如你所知那般，后来日本人来了，他们不仅建了绿顶房子，还有炮楼。

在我的故乡，无论日本人还是俄国人，他们生活的痕迹，不仅在建筑、习惯、语言上留存了，还有一些人身上带着残存的日俄血统。我爸和那些曾在这里生活过的俄国人、日本人不一样，他在这里长大，彻底扎了根。他的成长情况，我并不知道。只知道，他成年后，我奶奶就去世了。爷爷是农业合作社生产队的队长，没有在求学、进城、务工等大事儿上为子女谋划过。但爷爷帮过好几个人，比如推荐了一些工农兵大学生，那些人日后都格外感激我爷爷。我爷爷的四个孩子，两男两女全部下地干活，他们唯一的福利是农闲时可以去生产队的电影院打工，我爸去烧锅炉，我姑去放电影。

我爸到底还是得到过我爷爷的助力，尤其在他娶我妈这件事上。据说他年轻时候，提亲的媒人很多，他只有一个要求——要找个城里的姑娘。一个地里干活的农民到底凭啥呢？大约就是这股傲气，不凭啥，就是要在婚姻上为自己争取不错的对象。总之，大约听闻这种风声，生产队的王会计真的来了，带着我姥爷的意思，为我妈谋个亲。

我爸娶我妈，算是这辈子做的最好的选择。城里的姑娘，虽然不会干农活，但有文化、眼界高。我爸比我妈年轻两岁，长得不错，身高也好，只是到底是个农民，无法旱涝保收，每一分钱都要把汗水滴在泥土里，累死累活做出来。

他们年轻的时候，矛盾和龃龉从来不断，鸡飞狗跳，掀桌摔碗，几乎隔一段时间就要上演。两个火爆脾气，没有人相互忍让，日子过得并不和乐。但两个人没有散伙，也有养大孩子的共同目标。

婚后没几年，我家和我爷爷家分家单过。我们一家四口人，就带了一个独轮车的行李从我爷爷家搬出来了。从此，我爸就和我爷爷家来往不那么密切，反而是我姥爷的"半个"儿子。我姥爷按照自家娶媳妇的规格，给我妈盖了大瓦房，置办了整套的时髦家具——大立柜、五斗柜，还添了缝纫机。

我爸，一个农民，在城里丈人家，不管咋说都低人一等。家里姐妹、姐夫、妹夫都是城里人，都有工作，都能分福利房，都有固定工资。我爸，都没有。别人家干干净净、体体面面住楼房，我爸只能住平房，养牛种地，干净不了，也赚不了很多钱。

我爸勤快，我妈爱动脑子。虽然他俩三五天吵上一架，但在经营家庭的态度上出奇一致。我家是八十年代初最早的一批"万元户"。不止是因为我妈有份工资，我家还养两头牛，那两头牛每个月也有一份收入。我爸妈起早贪黑伺候牛，给牛吃最好的草料，让牛最大化产奶。他们也会和奶站的化验员攀上关系，小城里要结交朋友，他们借给化验员的儿子最新版的游戏卡，或许家里牛奶的评分更高，卖个好价钱。

我爸脑子灵活，我妈有点"关系"。在八十年代末，爸买了一辆拖拉机，那是他人生里很重要的事儿，花了六千多元，成为生产队里最早买拖拉机的"车老板儿"。这个在当时很昂贵的拖拉机为家里拉货赚了不少钱，赚了我们家第三份"工资"。

每年入冬前，爸没了农活，就开始去煤建公司"上班了"。煤炭装上车，挨个送往各个工厂的家属院，在寒风里开着"突突"作响的拖拉机，就把钱赚了。这工钱不低，长期被他垄断，年年冬天他都能"拉脚"赚钱，补贴家用。这是个好活儿，为了揽下这个活儿，我妈没少去亲友家串门送礼。

因为父子关系，我爸只分到了我爷爷一点点田地，是最远最差的土地，却要养活两个没有土地的城里人。到底难不难，只有他自己知道。田地太少，不来钱，还好力气有的是，我家每年都要花钱去租别人不种的地。种地总会有收获，更何况他是个种地的好把式，我家一直是生产队里种菜单亩产量最多的人家。

种地卖菜，这样赚钱并不容易。起早贪黑，风调雨顺，菜产多了，却卖不上价格。菜产少了，收入也少。就算是卖菜，菜场也有"菜霸"，要从这些辛苦营生的人手里榨出点什么。他们会压低市场价格大量收购菜，一麻袋的蔬菜只给二十元。他们也会强买强卖，出售廉价的帽子当"保护费"。每次看到爸戴着一顶帽子回来，我都有点义愤填膺。可爸从来不觉得苦，也似乎没感受被压榨，一切都顺理成章，好像人与生俱来，活着就是要带一点点的苦。

靠自己的力气，吃自己的饭，却并不能得到体面。所有的尊严都要靠自己去努力争取，不让人看低，只有拼命地干活、赚钱。他们只是想，希望孩子长大不用过这样的日子。

所有的辛苦里终究还是带着辛酸的底色，看不到希望的努力，尤为让人悲痛。记得那一次，我们一家人乘火车去走亲戚。我姨新分了楼房，刚刚装修好房子，让我们去"燎锅底"。一走进那套两室一厅的楼房，一屋子的软包装修，堂皇富丽，在小城这是顶好的装修了，时髦、华美，堪比当时最流行的 KTV 包房，我们一家人都被这"金碧辉煌"的装修震撼了。

这家里年过四十却又重新拍了结婚照的夫妇，这家里读书不好，吃穿用度却都上档次的孩子，这一桌制作精细的高档饭菜……他们是我们的亲人，可我们的生活却千差万别。我的父母除了走亲戚时要换上的一身衣服，再也找不出体面的衣服。他们在夏季里干农活，被日头晒了几个月，黑瘦的脸上早生出了皱纹，就连拿碗筷的手也粗糙不堪。两杯酒下肚，我爸说："人和人不能比，你们这样过日子才是日子啊。"

傍晚时，我们很有眼色的谢绝主人家的好意，没有留宿，而是赶去火车站乘车回家。走出那扇门以后，一路沉默，没有人讲话，眼前的对比凸显出现实的无力感。我们都更清醒地认识到，不管多努力，可就是不行。那种好日子，就是没有你的份儿。

赶到火车站，有两个班次的火车票可以买。马上开车的特快，四个人要十二元，另一班慢车，四个人只要四元车票，却要等上一个半小时。为了节约八元钱，我们买了等上一个半小时的慢车的票。

那一个半小时，时间过得太过于缓慢，也永远刻在我记忆里。在那个空旷的候车室里，来往的旅客交织出各种声音，背景音是大喇叭里毫无感情色彩的播报各个车次信息的女生工整的声音。所有的一切都被我捕捉到，可都不在我的注意力里，我又一次尝到了贫穷的滋味，那滋味说不清楚，却很难忘记。

年少的我，根本不知道未来究竟是什么样。未来如同天边最远的那朵云，我追不上，抓不到，也只能往前跑，也许跑快一点，希望就会近一点。

那一天直到回家，我们一家四口，谁都没讲过话。

生活曾袒露出它残忍的那一面，可我们都没有放弃过对生活的希望。我们一家人勤奋、有骨气，也幸运，生活终于对我们露出了笑脸。所有付出都得到了应有的回报。对过往的一切，我们都心存感激，没有任何一点儿抱怨。我爸妈这半生对女儿们的投资，有了收益。我们长大了，都还算努力，也都还算幸运。我们工作后，第一时间和爸妈凑钱，在北京五环外买了一套商品房。父母离开小城，在北京定居，远离前半生的一切酸苦，过另外一种生活了。

收房的时候，我爸赶过来装修。窗子一打开，是扑鼻的花香？哦，不，是扑鼻的牛粪味，也许是他记忆里曾有的味道。房子建在两个经济适用房小区中间，走出小区，就看到大片的藕田，爸经常一动不动地盯着采藕的农民看，他羡慕这片藕田的主人，被泥巴包裹的藕，随时都能变出钱。

种藕的京郊农民，踩着污泥在藕田里捞出一团团黑泥包裹的藕，那场面在爸的眼里，就是一张张红色的钞票被拾起来，再积攒成一叠，扎成一捆，然后带去银行，存折上的数字就会一点点变化起来，有了钱好像就能解决所有的难题。

这十几年，我们的国家变化特别大，似乎任何一个城市每天都在进行着"开膛破肚""伤筋动骨"的工程。我们曾熟悉的城市渐渐地被改造了，失去了特点，取而代之的是崭新的一切。这些变化日新月异，就像我爸也开始了新的生活。父母家附近的养牛场、莲藕地早就迁走了，陆续而来的是两条新建的地铁线，京郊房价也以火箭速度飞涨，卫星城渐渐形成，无论是医院、学校、商场，还是高新产业园，都突然出现在马路上。前一天还满是脚手架的工地，好像眨眼的时间就变成了闪着金光的写字楼。那些小而颠簸的水泥路，突然就拓宽了，我爸说，家门口的马路地下起码有六米高，下暴雨再也不怕了。

在中国最大的两个经济适用房住宅区里，生活着无数的"我爸我妈"，这些身份各异的老人来自全国各地，突然有一天他们成了新首都人。从田地里，从乡镇里，从各种小城市里，从各行各业的岗位上闲下来的新首都人。

搬走了养牛场，填埋了莲藕地，我的父母居然没有半分钟的不适，而是迅速地展开新生活。我爸重新开始打乒乓球，并火速加入了小区的乒乓球组织，和一群年龄相差很大的邻居组成"球友"。有七十五岁的大哥，也有三十多岁的教练，每天相约打球，就在小区的地下室活动区。

除了生活场景的改变，我爸依旧沿袭坚韧、勤奋、自强、善良、正直等我不吝赞美的品质，以及旧有的生活习惯，比如爱惜物品。新家里依旧挂着十五年前的窗帘，铺着二十年前的床单，枕着结婚时别人送来的枕头外套……以前的物品真够牢固，经过了这些年，竟依然颜色鲜亮，能够使用，而且将继续使用。

对旧有物品的依恋是精神上的需要吧。我爸沿袭一些过去的脚步，只是他开始有了选择的权利。

搬到北京以后，我爸正式成为家里的大厨。就说拌凉菜吧，他样样都能做，素的、荤的，样样拿手。凉拌莲藕、凉拌苦瓜、凉拌花菜，或是东北人最常吃的家常凉菜。任何食材到手，都可以操办。苦瓜微苦、莲藕清甜，白菜、胡萝卜、干豆腐各有各的味道，综合在一处，却依旧和谐适口。有点像我爸这一生，逆境顺境，全凭本事，全靠努力，把坏日子过好，把好日子过出精彩。

羊　奶

　　我出生后的十八个月，我妹妹出生。两姐妹年龄相差太短，这意味着我小时候并没有吃到多少母乳。我稍微记事了，家里长辈总要唠叨我，说我能健康长大，能被养活，是独臂二爷每天都送羊奶来。是羊奶喂大了我，我却根本不记得羊奶的滋味了。

　　二爷是我爷爷的弟弟。爷爷带着二爷，以及家中所有子女，在土改前来的东北。他们来东北，或许和二爷有关系。

　　二爷在河北老家待不下去了。他曾被迫当过日本人的卫兵，这不是一个三言两语就能说明白的故事，却几乎奠定了二爷短短一生里所有故事的基调。在河北老家，二爷曾是能干、帅气的小伙子，性格耿直。二爷在村子里有个"死对头"，那男孩和二爷从小一起长大，因为一点口角和二爷结下"梁子"。日本人来了，二爷的"死对头"开始帮日本人做事，而且分到了枪。于是，二爷和一家人就时刻生活在危险里，多次受到"死对头"的威胁。

无奈之下，二爷也去做了日本卫兵。二爷生得好看，就提着枪为日本人站岗把门。告诉我这段历史时，我妈再三说，二爷告诉她，很多中国人帮日本人做过坏事，但是他什么都没做过，他不会对自己人下手的。二爷当日本卫兵也是为了活命，为了保护自己，保护家里人。只是他必须忍受，日本人欺负中国人的声音。他一直记得，那些年耳边嗷嗷惨叫的声音。那些声音让他至死不安。作为一个普通人，他的选择如此之少，选错一次，回头就难了。

"汉奸"两个字却始终是耻辱，哪怕二爷只是个看门卫兵。八路军来的时候，知道二爷是中国人，并没有要他死，只是打了他一个手臂，作为一个警告。失掉了手臂，二爷受伤后回到家，从此性情大变，再也抬不起头。短短的残臂是个耻辱，始终提醒着他——为了活命为日本人做过事儿。

终于，爷爷带着全家踏上来东北的铁路。那一次的离家，他们没打算再回去，毕竟到了东北，一切都能重新开始。关于二爷的这段往事，从此再也没有人知道，再也不会被人提起。

全新的乡土里养大了我的父辈们，他们一辈子讲东北话，他们在东北长大。他们不记得河北老家，更不会讲河北话，他们是土生土长的东北人。河北老家是什么样子呢？大约只有爷爷知道。八十年代末，爷爷曾回过河北老家，据说村里的一大溜房子还在。爷爷也是个精明算计的人，过了那么多年，他居然还惦记那些宅子。不惜与留在老家的亲戚翻脸，最终要回了宅子，还卖了钱。爷爷带着这些钱回到东北，从此河北老家就不会有亲戚了。我只是想，二爷留在老家的痕迹是什么呢？大家又会怎么看他呢？只是不要紧了，二爷早就过世了。他在人间只活了六十二年。

二奶奶在生产时就去世了。二爷没有再娶，一个人拉扯独子生活，看他长大，培养他读书，为他娶亲。二爷在东北生活得平静、自在。大家只知道，他是一个独臂老头，有点倔强，但很勤快。他过得很简单，他干不了很多农活，却还是尽力劳作。他养了几只羊，农闲的时候就有事儿做了。

据说他每天从家里牵来羊，赶到我家，挤了羊奶留下给我吃，再晃荡着半截胳膊，一只手牵着羊走回去。我还太小了，却记得那截软软的残臂，因为太奇特，而印象深刻。二爷的右臂只有十厘米长，软软的，那只袖管空荡荡，总是被卷起来，走起路来，那截袖管来回晃荡。有一次，我忍不住好奇心，大着胆子去碰触藏在袖子里的残臂，好软啊。我看看二爷的脸色，他朝着我笑出一脸的皱纹。二爷爱笑，一笑起来，总是一脸的皱纹。

我姥爷和我爷爷"闹掰"很多年，姥爷会偶尔数落几句我爷爷的不是，对我二爷却始终说不了一个"不"字。二爷从不生事，不讨人厌，是个良善的人。

我六岁时，第一次接触到死亡。那天，我妈把我和妹妹从幼儿园接出来，直接送到了医院。很冷的天气里，我和妹妹都穿着红色毛衣，特别特别红。我们什么也不懂，只记得有人流泪。

我问大人，为什么要哭啊？

他们说，二爷去世了。

什么是去世了？

他们说，就是再也回不来了。

二爷死于肺结核。我心里一阵怅惘，二爷再也回不来了，他去更好的地方生活了。我没有落泪，一直看着大人们忙碌，那天有点冷，我的脸都冻红了。

现在生活条件好了，经常有羊奶粉的广告，偶尔，我会想尝尝。其实，我再也没有喝过羊奶，我早就忘记了羊奶的味道。但我不会忘记，我曾是一个瘦弱的婴孩，吃着二爷送来的羊奶才壮实起来。羊奶就是一个符号，和二爷联系在一起，和软软的短短的残臂联系在一起，和满面皱纹的老人联系在一起，和一段屈辱的历史联系在一起，和那个秋天我的红色毛衣联系在一起。那是我的人生中，第一段有关生死的记忆。

冻豆腐

　　冻豆腐和豆腐本是一家。可豆腐一旦经过零下二十度冷冻过，就脱胎换骨、出尘不凡了，另立门户了。从颜色和形态上看，冻豆腐发黄，孔隙多，有弹性；从口感上看，少了豆腐的豆腥味，吃起来口感更丰富。冻豆腐是个百搭的食材，炖汤、炖鱼、炖白菜、炖酸菜，不管什么食材，冻豆腐都能搭上。你要是想用它炖萝卜、土豆，也没人说你，但不一定好吃。我大哥爱吃冻豆腐，以前大家都说他又懒又馋，可现在，大家都说他是美食爱好者，会享受生活的乐趣。

　　我大哥是我大姨家的大儿子，确切说是我的大表哥。出于一些历史原因，我一出生就被过继给大姨，算做了她的女儿，因此大表哥就成了大哥。这辈子，我的个人资料里，兄长那一栏都是我大哥的名字。我们兄妹的缘分比一般人更深。

大哥是我姥姥的第一个外孙，他长我五岁。大哥幼时顽劣，属于"讨狗嫌"的淘气孩子，拆卸过我姥爷家里的挂钟、半导体收音机，毁坏过邻居家的墙头。长到读书年龄，不爱读书，成绩也差，常年蹲在班级后五名。大哥成绩不好，却无人在意，大家都在意他的身体。

大哥他八九岁时得过一场大病，曾一度"不中用"。在医院治疗了一段时间，虽然捡回一条命，可出院后偶尔会抽"羊癫疯"。家里人都担心大哥养不大，或者是变傻。大姨带着大哥去哈尔滨、沈阳、北京看病，却一直没怎么起效。最后，姥爷找了个偏方。不知道是不是偏方的功劳，随着大哥逐渐长大，他不仅不"抽风"，还长得非常健壮。

大哥样貌也帅气，腿长脚长，但他从来不走英俊潇洒的路线，是个地道的懒散派。小时候的暑假里，我和大哥在家，我总会很"倒霉"。他总是躺在姥家的大床上，翻着租来的武侠小说。他歪在床上，一会儿支使我倒水，一会儿支使我拿水果，一会儿又支使我拿饭拿菜。他只管躺着翻书就是了。因为能蹭看他的小说，我也甘愿"伺候"他。我第一次看武侠小说，就是大哥借来的《多情剑客无情剑》。

在东北下岗大潮来临之前，我们过得平淡，却安全踏实。知足自然常乐。日子慢悠悠，从出生到死，都不需要离开工厂，一切的一切厂子都能解决。工厂里有俱乐部、电影院、电视台，运动场、游泳池、灯光篮球场，澡堂子、理发店……从托儿所、幼儿园、小学、初中、高中、技校、中专到大专，厂子里都有。

厂子的家属都和社会上的人不一样，作息是厂子的规律。厂子这个月涨工资了，你看吧，外面卖粮油、卖鱼肉、卖布匹、卖衣服、卖针头线脑的小贩儿，全部都涨价了。他们也跟着厂子的节奏涨价。钢铁厂是周三休息，整个小城都知道周三是个休息日。所有人都跟着厂子的节奏，跟不上厂子的节奏的，和厂子不沾亲带故，不在系统内的那些人就有点混得差了。

我姥姥家所有的人，除了我爸都在工厂工作。各式各样的工厂，钢铁厂、纺织厂、水泥厂、车辆段、工务段……工厂里夏天发橘子汁和白糖，冬天发小螃蟹让大家吃火锅，鸡蛋、咸鸭蛋、苹果、橘子……工厂里什么都发。如若是铁路系统，职工出门凭工作证就能乘车。年年厂子都组织疗养，去山海关北戴河，去上海无锡，去天津北京……厂子人的自带优越感，从生到死。

职工子弟都是免费读书，若是老师敢批评哪个学生，厉害的家长就会找过来。他们以主人翁的荣誉感，要求老师必须对主人翁的下一代充满和煦、温暖的感情和耐心。我们都是主人翁的下一代。我和表兄弟们都没什么大目标，笃悠悠过日子，好像一切都写好了答案。在该为人生树立远大理想的时候，我们的目标出奇的一致，长大了就进厂工作，这毕竟是父辈能想到的最好前途。大家都打算读个技校，然后回厂工作，车工的孩子继续当车工，钳工的孩子继续当钳工，养路工的孩子当个养路工，也挺好啊，是不是？

命运吊诡的是，一夕之间我们的目标都被改写了。第一个改写这个命运的人，是我大哥。他先于所有人，主动改写了目标，而且制定了远大的不切实际的新目标。在当时，所有人都预测过他的失败，他却成功逆袭了。

大姨夫是工程师，是全家唯二的知识分子，另一个知识分子是做语文教师的大姨。工程师和工人老大哥也一样为国家做贡献，一样领一份工资。工程师说有面子也有面子，说有待遇也有待遇。工程师可不是谁想当就能当上的，要大学毕业。可工程师不用穿工人制服，还有一间办公室，知识分子有学识，和工人还是不大一样。

那天，知识分子的儿子——我大哥，偶然进厂去找他，却完全被车间里的工作场景吓傻了。那些轰鸣的巨大的沉重的钢铁的机器啊，怪兽一样，在高高的厂房里，嘶吼、旋转、飞舞，钢铁的臂膀、肚腹，地上滚的铁轨和车轮……一切都是冷冰冰的，充满机油的味道，充满粉尘的味道，充满钢水的温度……天车在头上飞速运转，大型机器在水泥地上发出轰鸣的声音。每个工人都在自己的岗位上，和一堆机器一起生长、呼吸，整个厂房浑然一体，充满魔幻色彩。

可来到知识分子的办公室，大哥的心情突然就平静了。在嘈杂的厂房里，还有这么一间小小的，阻隔在噪音之外的办公室。绿色办公桌上，摆放的是柔软的纸张，雪白的；三角尺、格尺、圆规、各色的铅笔，堆在桌上摆放整齐，咋看咋舒心，咋看咋满意，咋看咋安全。窗台上摆放着一盆郁郁葱葱的君子兰，橘红的小花正安静地开着。一门之隔，咋是两个世界？同样过日子，同样赚工资，咋能相差这么多？

大哥进了一次厂，从此大变样。他在当天回家的路上，确立了上大学的目标。他说："不管咋样都要上大学，当工人真的没啥意思，太可怕了。"他设想的未来，一定要有一张办公桌。

当时，大哥读初三，他想洗心革面、浪子回头，一门心思要读高中，一门心思要上大学，一门心思地不想进厂工作了。只是文化课相差太多了，考高中实在有点儿困难。大哥另辟蹊径，开始苦练体育，将积攒了十几年的勤奋都发挥出来了。大哥冬练三九夏练三伏，拼起命来，也是很像样的。最终，大哥作为特长生挤进了高中。到了高中，他依旧咬紧目标，文化课、体育课双重磨炼，继续苦练三年。赶到高考放榜时，他考取了一所江南的师范学院的体育系。

在九十年代初，千军万马过独木桥的高考，大哥从"学渣"逆袭，居然就走过去了。家人们这时才觉得，这个孩子不傻、不懒，还有点能干呢。

大哥带着行李，作为家中这辈人第一个大学生，离开了小城，开始了另一条轨道。他多么英明，多么智慧，多么幸运，他比多数人更早的选择了一条明亮的道路。当工厂瓦解，技术工人哭天喊地的时候，大哥早已舒舒服服的有一间办公室，在几千里以外的地方，体体面面地生活了。

人的命运就是这么巧妙地被改变了，一个念想，一个愿望，一个微小的思想波动，让一个人的人生改变了方向。

大哥大智若愚，非常知道自己要什么，以及如何得到。大哥大学毕业后，进入了一所高校做体育教师。考虑到个人评聘职称的发展问题，懒散的他居然苦哈哈地读书，身心投入地脱产攻读了硕士学位。没几年，大哥就是个教书育人、板板正正的副教授了。

这些年，天各一方，最初我们兄妹间还有电话交流，到了后来，就连逢年过节的问候都不多了。时间和空间的更迭，似乎让我们有了全新的陌生关系。

2020年初，大哥说大姨夫病危，我紧急买了机票赶去沈阳。春运时节，机票非常难买，我只能一程一程买机票，从江南赶到塞北。折腾了一天的时间，才赶到大哥所在的城市。凌晨一点，大哥在黑沉又寒冷的夜里等着我。我们甚至来不及寒暄，就一起去了医院。我们看过大姨夫，考虑到我的身体状况不佳，他又送我回家休息。

我从早上十点一直旅途辗转，凌晨近两点才赶到家中，疲倦得头疼。大哥拿出家里的保温桶，说里面有给我煮的饭，让我一定要吃一口。我表示毫无胃口，只想休息一下。大哥匆忙赶去医院守夜，却一再嘱咐我："一定要吃一点儿。"

疲惫不堪的我，还是如他所愿，打开了保温桶。里面放了一份酸菜猪肉炖的冻豆腐，还是暖的。侄女告诉我："姑姑，我爸说你难得来东北，一定要让你吃上东北菜。他今天特意抽空做的，你一定要尝尝。"

保温桶里的饭菜还散发着热气。冻豆腐还是老样子，颤巍巍，吸满了酸菜和肉的汤汁。咬了一口，汤汁在嘴里爆开，我的泪就又流下来了。大哥年近五十了，我也四十多了，我们两兄妹，在一碗冻豆腐里消弭了多年不见的隔阂。好像回到那年的夏天，一起歪在姥姥家的地板上看武侠小说的悠闲时光。

那口冻豆腐咽下去，没有多久，我就又赶回医院。我和他们一同送走了大姨夫，那个曾替我开家长会，写在我户口本上重要一栏的人，他就这么走了。春节就要到了，我们尽管痛哭，可别人家的爆竹声响依旧能落入耳中。我和大哥匆匆见面，不是为了团聚，而是为了送别。

当天中午，我要转车去机场，大哥送我去了高铁站。我很轻松地挥手和他告别，转过身却还是落了泪。

鲇鱼炖茄子

"鲇鱼炖茄子，撑死老爷子。"这句东北俗语奠定了鲇鱼炖茄子在大家心目中的地位，那就是——好吃，贼好吃。我老舅最喜欢吃鱼，尤其这道鲇鱼炖茄子。

新鲜鲇鱼去掉内脏，处理干净，斩成厚段；茄子用手掰成大块，切一把大葱段、姜片、蒜，配料备齐，就可以起油锅了。热锅里下油，先爆炒大葱段和蒜片，再下鲇鱼翻炒。炒到鱼块变色，水和姜片、料酒都加进去，开炖。香气炖出来了，就把茄子块加上，可略加点儿小辣椒和家里的大酱，继续炖。香气四溢，让人垂涎欲滴就可以出锅了。爱吃香菜就撒点，这样这道菜才圆满了。

这道菜有荤有素，鱼段鲜嫩、肥美，茄子软烂，吸满鱼汤，实在是香得不行，下酒下饭总相宜。

老舅在吃上不嫌麻烦，他这辈子很少做家务，炖鱼他却很拿手。我老舅喜欢吃这道菜，也喜欢一切费劲巴力的菜，比如虾和螃蟹。虾和螃蟹在东北并不多见，但是江鱼没问题。鲇鱼和茄子都很家常，不是啥贵重食材，容易获得。在快入秋的日子里，他总归是要做上几次鲇鱼炖茄子，一边吃菜，一边喝酒，而我总归是吃过的，所以留下了脑海中他在灶台旁忙碌的印象。

姥姥姥爷一辈子养活了九个孩子，老舅是他们的第八个孩子，也是唯一的儿子。由此可知，作为家里唯一的男孩，他是备受呵护长大的人呢。或许家里女人太多，对老舅的关怀也太多，老舅小时候有点"窝囊"，不会和别人脸红，更别提打架。遇到街坊邻居的男孩子和他发生不愉快，自然有姐姐妹妹们"横空出现"，家里姐妹多，哪怕没有男丁，也没让老舅受过"屈儿"。

老舅不是读书的料，也可能是赶上的时候不好。姥姥姥爷不指望他如何光耀门楣，只希望他平安快乐。老舅读了六年初中，因为他初中毕业，大家都不忍心他出去工作，就和学校商量了一下，让老舅重读了一次初中。老舅的人生都被家里那些爱他的人预订好了，我并不知道老舅愿意不愿意，喜欢不喜欢。

六年初中都读完了，家里也没法子了，也该让他上班了。于是，姥爷提前退休，老舅顶替他成为一个国营工。按照姥爷的意思，老舅应该给厂长开小车，学点本事，容易长进，毕竟领导身边机会也多。可老舅干不了，他喜欢"大解放"。日常里，老舅开着"大解放"在小城的马路上呼啸而过。

时间回到八十年代初，老舅是小城里的"富帅"。因为身高刚够一米七四，在东北实在谈不上高。帅是老舅干净，一张脸白白净净，没个疤点儿瘊子，一头黑发洗得清清爽爽。他喜欢穿黑面白底的懒汉鞋，必是黑的鞋面，白的底子，总归黑是黑，白是白，就算脱下鞋，翻出鞋垫，也是干干净净。干净总归是个好习惯。

说起来"富"，要先说职业。老舅收入大约马马虎虎，但他的花销，根本不靠工资。靠谁呢？靠姥爷呗，姥爷对老舅没什么脾气，骂归骂，依归依。作为小城里的时髦"公子哥"，老舅吃喝玩乐样样精。八十年代初期，他是第一批开日本进口摩托，玩猎枪，买德国蔡司镜头照相机的小伙，也是第一批穿最流行的喇叭裤、牛仔裤、皮夹克、运动鞋的小伙。齐齐哈尔市的俄国餐厅，他是常客，啥时上前菜，啥时端上红菜汤，咋吃牛排，老舅门儿清。年轻的时候，老舅每个月都要光顾几次西餐厅。可和他一样年纪的人，每个月只能拿几十元的工资，谁都有养家的压力，哪里顾得上吃喝玩乐呢。老舅豪气，结交的兄弟和他半斤八两，能一起玩，却很难一起做成什么事儿。当然，所谓的"成事儿"，这种要求对老舅来说有点儿太高了。

老舅年轻时，日子过得很是舒服。八十年代中期，老舅结婚了。日本进口的遥控彩色电视机、冰箱和洗衣机，摩托车、变速自行车、相机……时髦东西一应俱全。老舅经常骑摩托车，背着猎枪出去玩，虽然我没见到他打过任何东西。

日子过得舒服的老舅，待人很好，尤其对待我们这些外甥外甥女。我一直记得，一个春季的暴土扬尘的下午。八九岁的我，在家门口的路边玩，忽然面前停下一辆"大解放"，有人叫我的名字。我抬头一看，是我老舅。我上了车，老舅却啥话也不说，一脚油门，轰地一下开走了。驾驶室太高大，我小小的一个人，缩在副驾驶，不知道老舅要带我去哪里，老舅开车太快，我也没顾得上问他。在我印象里，这是我第一次乘坐"大解放"。坐在车上，四处看啥都很新奇，我眼看着家附近的房屋树木，朝我的身后消失，"大解放"风驰电掣带起北方干燥的尘土，后视镜里都是白茫茫的灰土。

春天的风真是暖啊。我就这么被老舅开着"大解放"带走了，也在这样的暖风里睡着了。我被老舅唤醒时，"大解放"停在了市里的联营商场门口，那是我第一次逛商场。老舅带我去食品柜，让我随便挑选。我虽然年纪小，还是有点矜持的。满柜台的食品，看得我眼花缭乱，不好意思选。老舅一再鼓励我，我选了两盒漂亮的饼干。一盒是鸳鸯夹心饼干，黑白两色的饼干；一盒是奶油饼干，小小的圆饼干上粘了一坨坚硬的奶油。我第一次拥有那么可爱的饼干，心里很兴奋，却表现得很克制，我什么话也没和老舅说，甚至没有道谢。

离开食品柜，老舅带我去了文具柜台，也是让我随便选。我依旧眼花缭乱，不好意思选。大约是我犹豫的时间有点久了，老舅帮我选了一盒彩色的水笔，这是我拥有的第一盒彩色水笔。老舅爱画画，我也爱画画，老舅送了我一盒特别豪华的水笔，一共有十二个颜色。这盒笔的价格很贵，是新华书店里售卖的水彩笔的好几倍。从这个角度讲，这盒从商场买的水彩笔是我人生中第一个"奢侈品"。

买好东西，老舅又让我上车，我晕乎乎地抱着我的"宝贝"，又稀里糊涂睡着了。再醒的时候，已经到了家门口。老舅放我下车，然后去上班了。我抱着一堆"宝贝"回到家，完全被惊喜吓傻了。在物资不丰富的年代，这些礼物像另一个世界的大门，那个世界充满想象力。

那个午后温馨又美好，充满着春天尘土的味道，游荡着春风的触觉。那是老舅"不务正业"的下午，遇到疼爱的外甥女，开着公车，去了三十多公里以外的市里，只为了给孩子买点小玩意。尽管，整个行程中，舅甥之间几乎没有对话。

某种程度上讲，去掉"公子哥"习气，老舅真的是个善良的好人，他最大的缺点是不会赚钱。老舅除了开车，只对花钱在行。老舅被家人众星捧月的养大，可终究要中年受苦。姥爷去世以后，已近中年的老舅才不得不自立，必须顶立门户，独自养家了。然而，即便他自顾不暇，过着借钱的日子，遇到年少的我回到家，总归是偷偷塞点钱，不过是五十或是一百的钞票，每次都嘱咐我："不要告诉你舅妈。"我舅妈怎么管得了他，又怎么会管。

我飞快地长大，老舅也在摸索中长大。那些年，我们舅甥见面很少，我不是那种会打电话嘘寒问暖的温柔性格，可我们之间有其他的方式，来表达我们相互的感情。我知道老舅做什么生意都不顺利，就算出门做大卡车驾驶员，他也并没有赚回很多钱来。

老舅孝顺。姥姥瘫在床上有四年时间，老舅在外面赚钱，每次回家必然会陪姥姥。昏暗的小房间里，四十几岁的儿子点燃一支烟，吸出火星，然后递给八十几岁的老娘——我姥姥，这是他们母子的相处方式。

我已经自立了，在远离家乡的南方城市。每年，我一定会抽出几天回老家看我姥姥。那几天，如果能见到老舅，我一定会去约好时间，陪他走一段路。凌晨五点多，我会赶到家门口。眼看着老舅晃晃悠悠，穿着黑面白底的懒汉鞋出来，我默默陪着他走到家附近的火车站。老舅要乘火车去哈尔滨，从那里开上18米长的大卡车，开往全国各地。不管是新疆，还是广东。中年的老舅是辛苦的，为了家里的开销，不得不拼命赚钱。

临上火车的时候，我会塞给老舅两百元钱，让他买点好吃的。和多年前，他塞给我零花钱的样子一样。我总是狼狈地扭头就走，我怕老舅尴尬，我怕自己尴尬。给老舅零花钱，总归是尴尬的。送走老舅，在赶回家中的路上，我会默默洒泪。不知是为了自己，还是为了老舅。走回家，迎接我的是舅妈温和的眼神，她知道老舅没有白疼我们。

姥姥去世后，我不再回老家，也多年见不到老舅。这两年，东北的宝石 Gem 突然有点火，有次我听他的歌，听到了那段："快点说，打麻将呢。喂，老舅……咋的，又没钱啦？不是，他骗我……知道了，你在哪儿呢？……"这段对白太经典了，先是把自己整笑，然后就猝不及防地泪流满面。老舅就是那种人，好像我遇到困难，有了难处，打个电话过去，千里万里，他都能赶来，好像他一来，什么都能解决。实际上，我当然知道，老舅只能给我最浅的温柔和呵护，没有实际用处，却让人有满满的幸福感啊。

当小城旧有的一切逐渐凋零，众多亲人离开东北，老舅依旧留在原地。那台进口的彩色电视机，老舅用了二十多年。当其他人陆续购进新家电，过更好的生活时，老舅已无能力更替了。常年的酗酒、抽烟，终究一次性清算了，五十多岁的老舅突然患了癌症。我们每个人都那么爱他，谢天谢地，经历了一系列治疗后，老舅的身体好起来了。

生病后，老舅在家安心养身体，不再出去工作了。他很快找到了新的乐趣——骑行。大表哥给买了全套的衣着装备，二表哥给买了最专业的自行车，老舅打开了新世界的大门。经常一个人，带着一袋干粮，就骑着自行车出发了。最远一次，甚至骑到了哈尔滨。老舅的日子过得还是轻松、自在。不久前，老舅难得在家人的微信群里发了一张图。他穿着全套专业装备，参加了自行车骑行比赛。总之，经历跌宕起伏，老舅算是老有所乐了。

想起来，有一年老舅和舅妈来看过我。那几天，我每天都要给他买螃蟹和虾，换着样地买，我知道老舅就喜好这一口。老舅也下了厨，没有鲇鱼，就炖了茄子，味道也好。世间百般滋味，老舅就像鲇鱼炖茄子，总是最温馨的人间烟火气儿。

送他们去了高铁站，我还没到家，就收到老舅的短信："柜子上有五百元钱，给孩子买书本用。"

老舅啊，还是那个敞亮人。

酱茄子

酱茄子是东北人的家常菜，咸香、味厚，做法简单，大家都爱吃。这个菜要起个油锅，油要多放点。茄子先煎至金黄，再加上家里的大酱、葱花、蒜片炒一下。全程小火啊，否则就煳了。爱吃香菜、辣椒的话，出锅前撒上一把。就算家里没荤菜，酱茄子的油大，也算是荤过了吧。

茄子在油里滚过，在酱里翻过，咸香，小香菜浓烈的气息，小辣椒清脆的辣，配上电饭锅里刚蒸好的白米饭，还真是好吃，瞬间能回魂。

快入秋了，风有一点凉，可阳光却是暖的。三姐坐在院子里，眼见着大女儿一脸沮丧，推开院门进来了。大女儿明显带着点"破罐子破摔"的心态回到家，她告诉三姐，中专没有她的份了。虽然文化课、术科都过了分数线，区里的两个女同学分数却都比她高。如果真的去读中专，也可以看看外县的名额，只是顶了外县的"缺儿"，以后要到外县工作，她不想去。

三姐也没接话头，只是让她去菜园子摘了茄子、香菜、小辣椒，她要烧个酱茄子吃。

小菜园的黑土地在暴晒下，散发出一种肥沃的泥土味道，混着阳光的泥土味道。西红柿的秧子有一种气味，有点像青草，又有点不像青草的气味。蔬菜们挂在各自的秧子上，太阳晒得它们蔫头耷脑，也热。大女儿慢悠悠地摘了最新鲜的紫茄子、绿叶子香菜、一根小葱和一大把小尖椒。太阳太晃眼，那孩子晃出了泪水，慢腾腾地流了一脸。太阳太大，泪水流下，就蒸发了，好像谁也没看到。

孩子没考上，可三姐也没嫌弃，她什么责怪的话都不说。她只是告诉大女儿说："你长得瘦小，干不了重活，去读高中吧。考不上大学，读大专也可以。"

风吹过来，一点点凉，但是太阳晒在身上很舒服。步入中年，三姐晒着这样的太阳，心里也是安宁的。大女儿听了妈妈的话，心里也是安宁的。

三姐家是半个厂子的人，三姐的丈夫是个农民，三姐是个工人。半个厂子的人没有整个厂子的人过得好，只有半个家能依靠厂子这个巨大的机器，另外半个家都在农田里，需要自己种、自己收，自给自足。可三姐勤快，夫妻俩只要赚钱，什么都去做，养牛、拉货，甚至去做生意，三姐夫就差一点就去俄罗斯种地了。只是俄罗斯太远，三姐没同意。

可没想到，半个厂子的人也是一种保障，下岗潮袭来的时候，三姐至少还有来钱的土地啊。三姐没怪过什么，但总感觉自己怎么走，都是差了"点子"，总比旁人不顺利一些。

三姐还是三丫头的时候，响应国家号召下乡了。比她大三岁的姐姐不用下乡，比她小两岁的妹妹也不用下乡，独独是她要下乡。三年后，突然被电报叫回家中。父母给三丫头介绍了门亲事，生产队李队长的大儿子。他们不想三丫头在农场遭罪，他们担心三丫头一辈子不能返城。

三丫头在农场总是闹病，经常住院。每住院一次，他们的心就急迫一次，等到急迫地熬不住了，就到处给她说亲。可农场户口的女孩子在城里找不到什么好人家。他们想到了小城里的庄稼人，庄稼人不会嫌弃在农场的三丫头，庄稼人不会嫌弃生病的三丫头，庄稼人不会嫌弃没有正式工作的三丫头。

三丫头是个知识青年，开初是死活不同意找个庄稼人。父母沉下脸，施加各种压力，她还是屈服了。姐妹们为三姐不值，可是也觉得好，至少家里好吃的东西多了。隔三岔五，生产队队长李大爷赶着毛驴车送来一筐一筐的新鲜蔬菜，就都放在仓房里。

每天上学时，小七、小八都能在仓房偷拿根黄瓜，或者是个大柿子，一边吃一边走。

三丫头结婚过得没那么顺。刚回城，收入不高，兜里没钱。在公公家吃大锅饭，再加上生活习惯不一样，总是和丈夫吵架，和公公怄气。有次回娘家，看到自个儿妈妈在煎荷包蛋，香喷喷，油汪汪，一煎煎了二十几个。这些荷包蛋是给老八的同事们吃，妈忘记给老三夹个尝尝味道。三姐却也咽了吐沫，心里说自己也不稀吃。她心里不是滋味，同样一家姐弟，她吃个鸡蛋都吃不上，老八的同事却能随时登门，随时吃。

三姐没辙，也不求人，靠自己的骨气和力气，有鸡蛋就吃鸡蛋，没有鸡蛋，咸菜大酱的，也吃自己的。她觉得自己不丢人，虽然一出门，就好像在丢人，毕竟这世上没有人会认为一个出力气的穷人体面。这真是操蛋的逻辑。

三姐回城的工作落实后，就和公公分家单过了。一个三轮车里装着所有家当，手里牵着老大，怀里抱着老二，回了娘家。此后，盖房置办家具，从头开始。最初，三姐在钣金厂工作，做了两年电焊工。后来，三姐调进了水泥厂。水泥厂工作真不轻松，且不说轰隆隆的震耳欲聋的车间，也不说巨大、冰冷的、一直翻滚着的机器，单说车间里到处充斥的粉尘就让人受不了。三姐上班必须从头到脚全副武装，还要戴着防尘面罩，一天下来，灰头土脸，耳朵眼里都是粉尘。

车间里工作了几年，三姐被调到了食堂工作，那可舒服多了。为什么说舒服呢？一套白色食堂工作服干干净净穿在身上，终于不用披着粉尘工作了，能不舒服吗？大家都说，在食堂工作，对身体更好。三姐也很满意，毕竟在食堂工作轻松一些，家里两个女儿要照顾，还有两头牛要养呢。

同事们都和三姐开玩笑，说她是"万元户"。可大家都知道三姐辛苦，她赚钱不容易，要工作要养牛。天不亮就开始忙碌，凌晨要给牛填饲料，还要挤牛奶、给奶站送牛奶。别人下班是休息，三姐下班后继续上班。三姐不易，可也从来没听她抱怨过什么。三姐也和大家一样，一起干活，一起闲聊，嘻嘻哈哈，一起闹个"混合"（打成一片）劲儿。

大家知道三姐不缺钱，都看不上三姐的"节俭"。除了给孩子添置一些时髦的衣物，三姐对自己的穿着打扮毫不在意。工厂里兴过多少时髦的风潮啊，都是三十出头的小媳妇，只有三姐不好打扮，从来赶不上时髦。三姐说自己眼光不好，不会打扮，太土。所以每日里，她只穿一身工作服，戴个工作帽，就连剪发钱都省了。那些年的夏天里，没有人看到三姐穿过裙子。在大家的印象里，她始终穿着那么一套水泥厂的工作服，劳动布洗得发白。一提起那个灰蓝色的影子，大家就都想起了三姐。

厂里人年年去南方疗养，三姐从来不去，却一直让人给孩子买衣服。三姐"三班倒"，遇到夜班，一大早就偷摸儿赶回家，给孩子梳头发。大家都笑话她，姑娘都要上初中了，居然不会梳头发。三姐的两个女儿一直都很娇惯。给姑娘梳了头，还把姑娘的书包放到自行车筐里，再给姑娘准备了早饭，她才又回去上班。

那些年，三姐回到娘家，也不提气。父母的生日宴席上，请了人来拍照。三姐和三姐夫是画面里最突兀的存在，全家人都喜气洋洋，红光满面，只有老三两口子最老，最黑，最瘦，最苦相。修理地球的两口子，咋看咋活得窝囊，咋看咋不如意。只是两个姑娘，养得水水灵灵，健健康康，漂漂亮亮。

每次的知青聚会，三姐都是拒绝参加的。只是有一次，因为点儿事由，三姐必须要去。临要出发前，三姐发愁了，她没有一套好看的体面衣服。还好，家里条件最好的老五"雪中送炭"，一套白色开衫，配一条黑色针织裙，加一双最流行的肉色长筒袜。那衣服，三姐穿了真合适，好看，可就是哪里有点怪。是气色，常年干活的样子，历经了世间的风霜，这种辛苦劲儿是藏不住的。

三姐穿了这身借来的衣服参加了知青聚会，见到了自己年轻时的伙伴，也是很多的心酸。酒一喝多，大家都话多，话多就难免说错。一个老同学，大着舌头问三姐，当初在农场，那么多条件好的人追求你，为什么都不行？难道是为了后来嫁给一个种地的？难道是为了过现在的日子？

三姐面上笑一笑，打个哈哈就过去了。酒话嘛，当不得真。那天散伙的时候，三姐推着自行车独自走在回家的路上，这句话却一直在心里回荡，为了什么呢？为了什么呢？三姐流了一路的泪水，到家也就干了，她脱下这套借来的衣服，洗干净衣服，毫不留恋地还给老五，日子还得过啊。

三姐不喜欢种田，可下岗了就必须去种田。三姐没有土地，就去租土地，租来就去种。白天干不完，就夜里干，夜里干不完，就雇人干。三姐舍得撒化肥，撒了化肥，黑土地里产出蔬菜多。蔬菜多，钱也会多。车间里家境差的人，都来她家打工，帮着干农活，赚点生活费。不管咋说，除了工钱，临走时，她会给每个人拎走一些蔬菜呢。三姐夫不喜欢工厂里出来的小工，说他们干活慢，不会干活，干活不仔细。可他们不干农活，还能干啥呢？

那些年，下岗职工有外出打工的，技术工种出去也吃香。可那些刚进厂就下岗的人就亏了，他们还没有过硬的技术。上有老下有小，家里离不开啊！只能去种田，去割稻，出路并不太多。也有大姑娘小媳妇，去了南方谋了别的出路。

大女儿没考上中专，被三姐送去重点高中。两年后，三姐却没法送二女儿读高中了。二女儿的成绩在学校里一直都是前几名，中考时却意外失利，离重点高中只差了三分。交一万元就能读重点高中，不交钱只能读普通高中。供不供二女儿读高中，三姐心里纠结。

小城唯一的高中，出了一件大事儿，一桩骇人听闻的奸杀案。那女孩，家里人都认识，花朵一样的孩子就这么没了。区公安局费了好多力气，也没破案。高中离家远，放学时间也晚。三姐决定让二女儿读中专，一是怕她不安全，二是普通高中读出来，考大学太难了。

三姐心里难过，她凑不足两个孩子读大学的学费。东北经济形势太差，家里亲属都下岗很多年，真想借钱也很难借到。一个人时，她会经常想，成绩单上缺少的三分和为了孩子安全的理由，让她有了理直气壮的借口，但这个理由不让女儿读高中是多么虚弱啊。她愿意给女儿们最好的一切，可是做不到啊，做不到啊。

赚钱太难了，生活中都是求而不得，多数底层人都只能退而求其次。

三姐想尽办法，让二女儿读个最好的中专，来弥补她的愧疚。那一年，她花了比读高中还要多的钱，给二女儿买了最时兴的皮夹克和金项链、金耳环，并让二女儿读了她认为最好的专业，毕业会包分配的专业。

三姐把对二女儿的羞惭换算成二女儿喜欢的东西，一点点儿地送给她。那些年，她无法面对二女儿，好像一看到她，就会涌出压抑不了的愧疚，那些愧疚，层层叠叠涌出来，悲伤就会淹没她。

三姐之所以牺牲了二女儿，是因为二女儿够强，不论身体还是智力。三姐觉得是金子总会发光的，三姐觉得二女儿不读大学也能过。

孩子们长大的速度真快。三姐苦熬，也熬出来了。二女儿先工作，果然能干，有本事。二女儿在哈尔滨一家度假村做总监助理，而她的中专同学基本都做服务员。那家度假村要和二女儿签约，还请了媒体来采访。这个商业活动很热闹，三姐也作为荣誉家属被请到哈尔滨。采访中，他们说不仅为中专人才签订劳务合同，还将他们的户口落入省城。

第二天，三姐买了份晚报，在角落里找到豆腐干大小的新闻，主要讲某度假村与某学校的协议，来哈务工的几个优秀员工得到了落户支持。"来哈务工"几个字刺伤了三姐的心。这让她痛哭不止，她心里觉得对不起老二，让老二过早进入社会，过早辛劳。三姐哭了很久，她一直在想，那几年咬紧牙关，去借贷送老二读大学，她会不会已经考上了大学？会不会就能成为一名白领？三姐知道，老二读初中一直是学校的前几名，大学一定能考上。但总有个声音替她回答，不会的，借不到钱的。

三姐觉得这也是命，是自己的命，也是老二的命，她没办法的。改变不了的现实，只能接受，擦干眼泪，继续过日子吧。

三姐是姐妹中最先离开东北的人。她操劳半生，处处矮人一等，只是没白受苦，没白受累，两个姑娘懂事，都早早顶立门户：一个在北京做生意，一个在南方赚工资。三姐一贯节俭，却早早给自己留了后路，她卖掉家里的房子，再加上积攒的辛苦钱，在北京为自己买了一套房。她拿着退休金，去那边生活了。

三姐走得很迅速：房子火速卖掉，家里旧家具、旧物件送一些，扔一些，敛吧一点日常能用的，看得过去的东西，就搬走了。三姐两口子风一样的速度去北京，他们在五环以外安了家，开始新的生活了。临走时，老三人生中第一次高调地说话，她说的是："死冷寒天的地界，根本不适合生活啊。过冬还得买煤球，还得买白菜土豆，还得烧火烧炕烧火墙子，还得露出屁股冻得哆哆嗦嗦的在外面上厕所。"

也是，东北零下三十度的冬天，入冬就开始积攒柴火，就要买煤球，每天要烧炕烧火，一天天的多了不少活儿。就算人不在家住，也必须要找人生火，暖和房子，要不然，哼，水管说冻裂就冻裂，水缸里都结上冰碴子，窗户上糊满冰霜，家里就和冰窖一样。唯一好的是，不需要冰箱，冰箱冷藏温度还没有室外的低呢。住平房的人，在外面上厕所，脱了裤子露出屁股，能不冷吗？

临走前，三姐去了小城最高档的浴室，也放得开的潇洒一次。

在嘎嘎冷的东北小城，去浴室洗澡必须是一种享受。东北人喜欢去浴室洗澡，一来老式楼房里卫生间小，不具备洗澡空间。二来，浴室可以可劲儿祸害水，能蒸能泡，不心疼水费。不讲究的人，内衣裤都在浴室里洗了，虽然遭到些个白眼，也要占尽这一点便宜，水费不是钱啊？以前，三姐都去家附近的小浴室，洗洗干净得了，这次她要在洗浴中心放开消费一下。

浴室里还有专门的搓澡行当，保准能把你搓个浑身通红，通体舒泰。价格不贵，就算三姐，也能享受。浴室的搓澡专门有张床，赤身裸体躺上去之前，搓澡师傅会铺个一次性塑料布，让你看"干净、不埋汰"的意思。"搓澡仪式"启动，搓澡师傅用盛水的塑料勺子在塑料桶里盛上一瓢热水，哗啦啦往三姐身上浇点水，然后就动手了。不管后背还是前胸，不管胸部还是屁股，搓澡师傅运筹帷幄，保准每个犄角旮旯、低谷山丘，都给你搓到位了，人家心里有谱、有顺序、有章法。搓澡师傅那也是雷霆之力啊，三姐身上积攒的油泥，随着搓澡巾在人体上的起伏，从身体上卷起来，翻滚再翻滚，直到滚成屑屑沫沫，簌簌被搓澡巾扫落，随着浴室里源源不断的水滚到水沟里，流走了。

搓澡师傅就穿着内衣裤，各个都膀大腰圆的，各个都满头大汗，各个被蒸得满面红光，日日夜夜地热水蒸着，日日夜夜地力气花着。不为了赚钱，谁能吃得了这种苦。据说花力气的师傅每天也要和坐月子一样，吃上几个鸡蛋，力气才找得回。搓澡师傅，一边搓还要问一句："劲儿够不？"油泥搓下，你敢说你不轻松，不干净，不痛快？

也有一点巧活儿，搓澡师傅也给客户敷个面膜，拔个火罐，但是生意非常少。为啥呢？舍得花钱的人必是有钱人，有钱人哪里愿意在浴室干这些？没钱人有时候也想享受，可没钱人的享受是有一搭没一搭儿的。有一搭没一搭儿的生意，搓澡师傅也只能有一搭没一搭儿地做。

那天，三姐不仅搓了澡，还做了面膜。好像半辈子的疲惫，都在浴室了蒸腾了、消散了。搓下满身的油泥儿，她又去汗蒸房里躺一会儿，烙一烙酸痛的腰和腿，好像半辈子的酸苦都熨平了。那天，她破天荒在汗蒸房点了饮料，再也不用供孩子读书，再也不用节俭过日子了。洗过这个东北澡，三姐就搬家到北京。住了带卫生间的新房，不用去公共浴室了。

过苦日子总要学习，过好日子却不需要。三姐火速融入新环境，开始了新生活。三姐参加了社区文艺汇演队伍，也在奥运会时做过志愿者，还在2020年疫情时在小区服务过。现在，三姐每天很忙，她做了楼长，还是小区垃圾分类志愿者。三姐除了接送外孙上下学，就是逛北京附近的各个景点。春天去过了，夏天、秋天还能再去。只要和小区的老人们在一起，她总是高兴极了。

按她的话说：每天都过得很充实。尤其遇到年节假日，三姐就格外忙，她是社区文艺队汇演的骨干，合唱、舞蹈、打腰鼓，场场表演都落不下她，五一、国庆、中秋，这些节日里社区的表演，都是她日程表里的大事儿。

年轻时候没有穿过的衣裙，年轻时没来得及得到过的欢乐，她在一一享受。她烫着满头卷发，特别喜欢穿裙子，有夸张的长到脚踝的连衣裙，也有旗袍和高跟鞋；她还买了不少化妆品，隔离霜、口红、眉笔……她甚至在六十岁的时候，去文了眉毛，可谁又能笑话她呢？在她的人生里只有这些年最体面，最有奔头。她再也不用一分钱掰成两半花了，不再借别人的体面衣服了，也不是那个蓝灰色的影子了……

前几天是重阳节。三姐和三姐夫跟着社区歌唱队的老人一起去八达岭登高。是的，自从日子好过了，老两口再也不吵架了，他们步调一致，做什么都是为了开心。两个人都有爱好，性格随和，都能找到事儿做。三姐夫不打乒乓球，也会和三姐一起去唱歌。他是不会跳舞的，但是看看也好的。那天野餐，三姐带了一盒子酱茄子，虽说酱是买的豆瓣酱，但是炸得香香的，一起去的老姐妹们都夸她的手艺好。三姐说："能不好吗？油放得够，还多切了不少肉末呢！"

白菜猪肉炖粉条

　　东北人爱吃炖菜，啥菜都能炖，但白菜猪肉炖粉条最为经典，家家都会吃。猪肉切块、白菜扯碎、粉条一把儿，搁点大葱、姜、蒜、八角、花椒，加上水，盖上锅盖，炖就得了。这道菜炖起来方便，口味鲜香，有菜有肉还有汤，下饭喝酒都般配。爱吃肉的多放点肉，爱吃菜的多放点菜，当然也有人爱吃粉条，那就都多放呗。遇到懒的人家，这个菜炖一锅，其他菜就不用张罗了。大梁子就爱吃这个菜，尤其爱吃粉条子，粉条子裹了一身的肉汤，相当好吃。

　　冬天到了，大梁子开始在户外卖棒冰、冻梨、冻柿子。零下二三十度的东北，棒冰扔到户外直接冷藏，根本不担心储存问题。可是你想，棒冰不会融化，户外的人是多么冷啊。

　　大梁子戴着棉帽子、棉手套、棉鞋、棉大衣，外加一个口罩，全副武装。卖一元的棒冰，一根赚一毛钱，两元五的棒冰一根赚三毛，卖上一天，能赚几十？棒冰裹着花花绿绿的包装，搁丝袋子上扔在冻瓷实的路面上。冻梨冻柿子，也搁丝袋子上，扔一地，黢黑黢黑得梆硬，铅球一样，煤球一样，用铁锹撮起来，放秤盘子上，稀烂贱地卖。西北风嗖嗖地刮着，一个个包装袋挤在一起，小旋风吹来就一阵抖抖嗖嗖、哗啦啦响着，冻梨冻柿子就这么在丝袋子上滚着。卖棒冰的大梁子也赶紧缩着脖子背过身去，冻得麻木的身体就更麻木了。

旁边的小摊贩也是如此，卖鱼的，扔一地鱼。啥冷藏、啥保鲜？鱼捞出来，扔地下就立马速冻，一条条冻得梆硬，直直溜溜，一根一根排好，随你挑，随你拣。卖对联、福字的，铺一地对联福字，反正纸片冻不坏，满地吉利话供人挑选。

可卖新鲜蔬菜、水果的人不敢这样卖，他们都躲在暖车里。车上小小一间屋子，烧着火炉子，压着煤，烘出些温暖气儿，好不让蔬菜冻伤了。冻伤了，那就不好吃，就卖不上钱。新鲜蔬菜价格贵，煤也贵，两个贵遇到一堆儿，必须好好伺候。舍得吃蔬菜的人家能多买些蔬菜，他们的辛苦才不白费。

天儿太冷了，外面站上几分钟，就冷得两腿哆嗦了。大梁子眼睫毛、鼻毛都结了白霜，来来回回在两米不到的铺满棒冰的摊子前前后后、来来回回走着，时不时跺跺脚，才能保持这点儿热乎气。只是，随着时间的推移，冻麻的手脚就更麻了，更麻了以后，感觉棉鞋都变厚了，就没什么感觉了，脚踩在哪儿也不知道。天儿太冷了，卖蔬菜水果的小贩，偶尔让大梁子进来暖和一下。都一起赚钱讨生活，相互帮衬呗。

寒冬腊月，滴水成冰的天儿，天色乌沉沉，满街雪霜扑面。半尺厚的雪都早被车辙和人的脚印压得实实在在，碾压成薄薄一片，没有缝隙的和着泥土一同冻到路面上了。大江大河早封上了，几吨重的卡车直接从江面上驶过去，水和整个世界一起冻住了。小刀子一样的西北风刮过来，刮到脸上，脸上裂个口儿；刮到耳朵上，一扒拉，好像耳朵就冻掉了。这时节，路上的人穿得都跟个棕熊似的，每个人都比夏季重个几斤，穿貂的，穿羽绒的，再不济也是暖暖和和的棉大衣。一出门，胡子、头发、睫毛，没一会儿就上了白霜了。家里酗酒的老爷们必须得看紧点，别不知好歹滚出去灌了"猫尿"，找不到家门，肯定冻死在马路上。冻死了，一了百了，冻伤了是要切手指头、脚趾头的，可就砢碜了。

天冷，家里火炕烧得旺，房子里一热，就希望买冰棍的人多点吧。孩子们都放寒假了，谁家不给孩子买点零嘴儿呢。冬天里吃不到新鲜水果，冻梨冻柿子是最经济的水果了。小孩爱玩也爱吃，爱玩是喜欢冷水泡冻梨。黢黑的梨和橘红色的柿子上结了一层薄冰，这时候用小铁勺敲上去，冰就碎裂开了，小碎冰放在手心里，渐渐融化了，这是孩子们都喜欢的游戏。梨和柿子"缓"软了，孩子们就上牙咬了。第一口，真冰啊；再一口，居然有冰碴；再来一口，软绵绵的果肉甜丝丝的。啃了一口，还想吃第二口。大梁子指望这点棒冰、冻梨赚钱呢，冷就冷点儿，冻就冻点儿，赚点儿是点儿。

大梁子下岗了，家里有老婆孩子要养活啊。在外面"挣吧"一天，身上凉是凉，可晚上回到家，老婆炖了白菜猪肉炖粉条，大梁子再来两杯酒，吸溜几口沾了汤汁的粉条子，好像就一切都活过来了。至少，心是暖和的。

大梁子干过很多行当。他开过几年"三蹦子"，除了去火车站、汽车站零敲碎打的拉客，大梁子也有固定的收入，他给熟人当司机的。专门给一个开诊所的医生开包月，早上拉到诊所，晚上送回家中。这是个"俏活儿"，是熟人照顾大梁子的方式。熟人是礼叔，他是大梁子岳父的老哥们，岳父去世也有好几年了。

大梁子记得，岳父去世的时候，铅灰色的天色，北风一吹，细雪都从雪地上飘起来，像是为他送行。披麻戴孝黑压压的一地人，踩在下过雪的路上，灰黑色的雪地上，哭得眼泪鼻涕都冻在了脸上，那里面有缺少依傍、凄惶的大梁子和老七一家三口。

送葬的队伍很是体面，打幡儿的，砸罐儿的，花圈白花花占了一条小街，披麻戴孝进进出出的有上百人，有远道儿来的，也有近前儿的，女儿女婿外孙外孙女也是一大群人。岳父活着时是小城里玩得转的人，岳父死了也一样是小城里的大场面。哭声凄切，没人舍得他走，可他到了该走的时候，他眼睛闭上，就再也不用睁开了。

岳父走了，家里人少了个主心骨，也少了个赚钱的主力。除了岳父的工资收入，也没人再做买卖赚钱了。哪知道，这只是刚开始，那么多的大厂子忽地一下子衰退了，所有人的依靠都倒了。下岗潮陆陆续续冲击了全家人。钢铁厂、水泥厂、纺织厂、化工厂，那些风风光光的大厂迅速凋敝了，那些风风光光的技术工人迅速没钱花了，那些一门儿心思想进厂上班的半大孩子没了出路了……大梁子两口子都是"大集体"的，首先下岗了。

家里亲戚的日子也不好过，勉强维持个体面生活，无非是整洁有序地过日子。那几年，总归有饭吃，有衣穿，孩子们也都有书读。麻将可以打两毛一次的，手指头磨秃噜皮了，也输不了几元，喝酒就只喝散装高粱烧，几十元灌一塑料筒。铺张不了的日子就节俭着过。内里对钱财算计得越发抠搜了，不"抠搜"怎么办？只有男人在上班，女人们赋闲在家里，离退休还有很多年，掰着指头也数不过来的年数。只有"抠搜"点儿过日子，才能供孩子读大学啊。

读大学，那是一笔不小的数字。不"抠搜"，去哪里来学费？

不读大学，孩子咋整，没有正经工作，咋过日子？那些年，下岗的技术职工可以去南方打工，好多南方的厂子需要有本本儿的技术工，兜里揣着烫金字的一级技工，不愁找不到饭碗。可那些刚进厂就下岗的人就亏了，他们还没有过硬的技术。那些年轻人，真是可怜，虽然住着厂子的家属楼，可厂子却扔给他们几亩地，两麻袋大米，然后厂子就和他们"买断"了。太多的企业倒闭了，太多的车间玩完了，太多的人不知道咋样才能来钱了。往关里闯吧，不管去北京还是去上海，不管去广州还是去海南，去离东北远远的地界，糊口养家吧。可如果人老实点呢，就只有打工一条路了，种田，割稻，做泥瓦匠，出路并不太多。

大梁子不爱做下田割稻子、种田、摘菜的活计，又晒又累，他干不了。他爱砌墙砖、上房换瓦，但这种活儿太少。

老婆是个残疾，赚钱难，大梁子也只能想办法打工赚钱。岳父虽死了，礼叔却还记得老哥们的情儿。一大家子人，遇到点儿啥事，家里不和睦，还会请礼叔来主持公道。礼叔一来，让大家公理婆理，一五一十地道来，礼叔听个明白，说个道理，大家就结案了。礼叔一直帮衬家里，尤其是大梁子和老七。

礼叔从区医院院长的岗位上退下来，租了个苏联房子，开了个诊所。大梁子每天接送礼叔上下班。礼叔给的车钱可真不少，一个月有六百元。礼叔还没老糊涂之前，和大梁子说好，礼叔在市里买了房子，他不想拖累儿女，就请大梁子两口子照顾他，包吃包住，每个月还额外给八百元的工钱。

那几年，大梁子过得很凑合。没到退休年纪，还要供女儿读高中，真是缺钱啊。咋整啊？靠礼叔的工钱和包吃包住，也靠老七姊妹们凑钱。你家一千，我家一千，多亏姐妹多，总能凑到数。大梁子的衣服都靠外甥们给，半新不旧的羽绒衣，穿上还暖和，还挺好看。年轻人款式，就算是旧的也洋气。最主要是不用花钱啊。

有次，老七和大侄女说，有不要的手机吗？没几天，大侄女又快递过来一个旧手机，一款翻盖诺基亚，好用，只是不时髦了。有了手机，是不是比以前方便点儿？至少出去打麻将，回家前能问个"饭菜好了吗？"

其实，大梁子很少去打麻将，要照顾礼叔。老七真的老了，上下楼梯都费劲。两口子照看礼叔一共八年。礼叔老了，也糊涂得厉害，明明吃过饭，却偏说没吃过。半夜三更，老七就经常去厨房，她站在矮凳上煮饭，端过去，礼叔居然也能吃光。大梁子每天半夜里，要帮礼叔起夜，要不然老爷子就尿床。家里的洗衣机也是外甥女给买的，老七老了，洗衣服洗不动啊。

大梁子一直耐着性子帮衬，虽然每隔几天他就冒出撒手走人的念头。可走去哪里啊？小城的房子多年没人住了，这市里，哪里有大梁子的栖身所，一块砖头都没有啊。再说，他们怎么可能扔下礼叔，礼叔帮衬了他多少年？就算礼叔不懂事了，可他老人家的情谊不能忘啊。礼叔就是死冷寒天里，大梁子售卖过的冻梨，不是很好吃，但是能带来一点点甜，和一点点热量。要不然，冬天就太冷了，太苦了。

礼叔八十五岁了，老七和大梁子也都奔六十岁了，三个老人日子过得难呐。还好，礼叔的女儿每周来给他们送肉、菜、蛋，人家不亏他们，基本隔一段时间就给大梁子两口子涨些"工资"。就这么陪着、熬着，直到送走礼叔。礼叔走了，大梁子的孩子也大学毕业了，苦日子"挣吧"到头了。

现在，大梁子还住在东北，也在市里买了自己的房子，条件比以前好多了，不再需要四处张罗钱了。每到冬天，一吃上白菜猪肉炖粉条，猪肉、粉条子吸溜一大碗，汁水淋漓，吃到冒汗，他却总能想起在户外卖货的日子。那日子真冷啊！

清蒸哈什蚂

哈什蚂是满语，其实就是东北林蛙。哈什蚂要在寒冬中冬眠五个月，因此得名"雪蛤"。雪蛤是一个"滋补强身"的名贵的补品。在东北老年间，就有清蒸哈什蚂。一只只伸着四肢的蛙，盘子上放着。有人好这口，也有人受不了。老七就不吃哈什蚂，她一直觉得哈什蚂造成了她一生的命运，哈什蚂是老七的罪人。

要提老七，就从老七妈怀胎的时候说起。三年困难时期，一大家子都吃不饱饭，双身子的孕妇也吃不饱。为了吃饱肚子，法子也还是有的，江里有鱼，松树林里有蘑菇、野菜，可这些东西要四处刨食，浪费的力气还不够找来的食物补充呢。贪嘴的老七妈不爱吃鱼，她爱吃哈什蚂。怀胎的老七妈在饥饿年代吃了很多哈什蚂，吃饱了的孕妇才确保第七个女儿顺利出生了。

老七排行第七，前面有六个姐姐，她是第七个女儿。"第七个""女儿"这五个字排在一起，就可以预见到老七在家中的地位，那绝对是可有可无，毫无存在感。

老七妈觉得怪，这孩子没啥力气，软塌塌，和前六个不大一样。哪里不一样，却看不出，看不懂，看不透。反正，多一张嘴，多添双筷子，就这么养着吧。多一个不多，少一个不少。一年一年地过，同样是五谷杂粮，姐姐们蹭蹭蹭地长大长高，老七却处处比人慢，慢很多，慢到几乎停止。

老七头大，身子小，三岁才会走路，唯独一双大眼睛，常常失神地望着大家，迷茫，迷惑，迷乱。老七不知道该咋办，咋样能和别人一样？别人也不知道该咋办，老七咋样才能好？一大家子人粗粮吃得多，细粮吃得少，老七身体不好，饭量也小，但还是给她吃细粮。吃了细粮的老七，还是不长身高。

春天里，一嘟噜一串儿的嫩绿的榆钱儿没几天就干黄。大风扬起来，纷纷扬扬的黄色榆钱儿落满小城，它们落地不管不顾，管你土路上，还是水渠里，管你落在身上，还是脸上，满街的小旋风里，飞舞的都是榆钱儿。

风停了，帮姐姐扫榆钱儿的老七呆呆地看着邻居家的猪圈，六岁的她喃喃自语："我为什么不是一头猪呢？一头猪至少和其他猪一样。我为什么不能和别人一样呢？"

全家都盼望着，老七能和其他孩子一样，能长高，能长壮，能蹦能跳。区里的医生给老七开了鱼肝油，所有微茫的希望都凝聚在鱼肝油里。可老七因为鱼肝油，挨了一次打。

老七爸有天发现，本该在老七肚子里发挥功效的鱼肝油居然都藏在了被子底下。从来不对老七说一句狠话的老七爸实在忍不住了，发了次火。老七第一次挨了几巴掌。老七说不怪爸。老七爸肺气肿，动怒加打人，两件事让他呼哧带喘，他一边喘着粗气，一边暗暗神伤。除了鱼肝油，他也不知道咋样才是为老七好。可能命里就是有老七这么个累赘女儿。

从想变成猪那一刻开始，老七就长大了。年纪一年年长起来，身高却不再变化了。老七脑子不错，性格开朗，不紧不慢的一副好脾气，从不唉声叹气，从不张牙舞爪，从来都是在角落里安静着，满足着。老七外出，难免被人指指点点，可家里人都霸道，每个人都照顾老七，不让她受人欺负。谁敢说句难听的，老九一定会跑过去，暴打对方。还有一大群伶牙俐齿的姐姐。别的不敢说，家里人气旺盛，团结，人人走出去都正正派派，利利索索，谁也不敢看低老七。

老七爱读书，居然也就读了高中。老七心气高，一心想读大学。在小城，老七的成绩还真不错。姐姐或者姐夫，甚至妹妹和弟弟，踩自行车送老七上下学，放学了，老七也能走回家，就是比别人慢而已。

老七最终没能参加高考，身体不过关，怎么能接受高等教育？知道不能参加高考那天，老七还是掉了眼泪。哭能咋地？哭也哭不出个改变，眼泪一擦，老七就想着去上班了。老七心里认命，很早就认命了。哭完了，继续过日子呗。就算是老七，也要朝前看。

和所有城里人一样，上班就是进厂，进厂就有了组织，有了组织就有了依靠。老七在车辆段里做会计，写写算算，也能给组织出力。

车辆段的大集体，就在小城火车站附近，也是个苏联房子。黄墙壁，绿屋顶，地板下面有菜窖，墙壁上有壁炉，窗户嵌在一尺深的墙壁上，都是蓝色雕花的木头框。苏联人走了几十年了，这些房屋都是公家房了，可这些房子一点都不糠，精精神神，厚厚实实，冬暖夏凉的。老七就在这里上班。

上班那天，她打扮得很体面，干净，有分寸的时髦。炉钩子放灶火里烧红，把刘海儿和发梢都烫了大波浪，梳得整齐。衣服都按身材裁剪得板板正正。风一凉，老七还会系条纱巾，不扎眼的淡黄纱巾，是二姐给她买的。

老七开朗，明事理，和同事们的大姑娘、小媳妇关系很好。她们也对老七好，照顾老七，心疼老七。工作一摊事儿，老七上手快，算盘子一扒拉，干活靠谱，再说啦，在那时节的东北，厂子里养几个闲人也是常事。

下了班，老七也做点手工，钩针钩个围巾，毛线打个毛衣。手还挺巧，做啥像啥。既然不能出去跳迪斯科，老七也要找点安静的事情做做。

一群姐妹陆续参加工作，结婚单过了。老七爸退休了，先是有了空余时间，后是有了闲钱。老七妈又想吃哈什蚂，可哈什蚂身价也高了。老七妈爱吃，总会买来吃。清蒸的哈什蚂，有一种奇异的粉红色。一只一只林蛙，赤裸着放在盘子上，伸着四条肉腿子，头也挺着，恐怖又怪异。

老七不吃，大家都笑话她。老七说："妈就是吃了哈什蚂，才生了我这样子的人，我不吃。"

快三十岁的老七开始相亲了。

第一个男人，智力不大好，城里人。老七和男人在屋里坐了一会儿就走出来，她和家里人说，宁愿自己过一辈子，也不要找智力不好的人。老七说的话，家里人都听到心里，记到心里，下一次的男人一定是智力好的。

第二个男人，是个智力好的人，也是个城里人，只是聋哑而已。聋哑人家里条件不错，长得周正，身材也高大。老七说，听不懂，讲不清楚，没法沟通，不行！家里人都听到心里，记到心里，可也难免合计，老七啊老七，你难道能找到一个全乎人吗？

老七和第三个相亲对象结婚了，这是个全乎人。

大梁子是个瘦弱的"盲流子"，家在更偏远的屯子里，居然也读过高中。他身体健康，只是单薄了点，文气、黑瘦、身无长物。唯一的缺点就是穷，农村户口。

大梁子是满族人，属于那种祖上富过的人，爱享受、玩乐、懒散，有点摆谱的铺张劲儿。大梁子小时候家里条件好，大约也是过惯了富裕的日子，但十几岁时父亲突然去世，让一家人突然没了指靠。富裕过的人很难过好穷苦日子，娘改嫁后，大梁子也渐渐地感觉不到家的庇佑。

一晃晃到高中，日子越发不知道咋过。手不想提，肩不想挑，大梁子闲待在家里，也越来越难受了。平凡的大梁子和许许多多底层人一样，没有瑰丽的梦，没有荣华富贵的念头，对生活最高的要求就是吃好穿好，有家人，热热闹闹、亲亲热热地过日子，这样的日子咋就不是好日子呢？

终于有一天，一个远房亲戚找到他，提到了老七。

老七的不好谁都看得到，可老七也有好处，老七的好处是有一大家子和睦的家人。在小城生活，大梁子农转非，也能找到份大集体工作，过上月月领工资的日子。

大梁子也就答应了。

从此有了家，从此有了家人，从此有了老婆，从此有了城市户口，从此有了工作。

大梁子一身崭新的衣服，老七也穿了一整套羊毛套裙，大波浪的头发盘起来，带了一朵红色的绒线花，两个人喜气洋洋的。大梁子自行车后座带着老七，就这么接回新房了。

红砖黢亮的大瓦房子，是姐妹们凑钱盖的；时髦洋气的家具，是姐妹们凑钱买的；老七爹妈也出了一笔不少的嫁妆。老七靠大家帮衬，总有一个家，总是一份日子。

从娘家到老七的新房里，路程不远，可以说很近。这路程不远不近，满足了老七独立门户，自己说了算的过日子的想法，也满足了家里人照看老七的想法。老七和大梁子的日子，能不能过好？那时，并没有人知道。

老七成了家，有了家的老七就是女主人了。成了女主人的老七也住上了大屋。家里收拾得清清爽爽，家具都是最新的时髦样式。大梁子爱吃啥，老七就煮啥。炉灶都砌得矮，老七使用都没问题。大梁子餐餐想喝点酒，老七就买酒。大梁子是个好脾气的人，老七是个没性子的人。大梁子不勤快，老七勤快。老七动作慢，大梁子动作快啊。大梁子是老七的腿脚，老七去哪里，大梁子都去送她。老七在家洗衣、煮饭，出门就坐在大梁子自行车后面，两个人一起。

秋风凉了，老七系了一条红纱巾，血红血红，穿得暖暖和和，大波浪的头发在美发店里烫过，也梳得齐齐整整。她坐在大梁子自行车后座上。大梁子穿了老七买的薄棉衣，挺挺括括的样式，穿起来咋看咋好看。大梁子脊背挺直，蹬起车来，逆着风，也很有力道。两口子走在刮小旋风的路上，老七应该幸福，老七没有理由不满意啊。

她家门口不远的地方，有个不大不小的水泡子，里面不少蝌蚪，咋看都算眼前的好景色。夏天里青蛙呱呱叫；秋天里满水泡子都是芦苇，白花花飞着苇子毛；冬天就更好了，孩子们会去抽冰尜、溜冰车。日子不就是这样吗，风吹来吹去，河水流淌再冰冻上，青蛙叫了，青蛙冬眠了，时节循序啥时都不会变。可不变的时节里，人会经事儿，会变化，当然也会变老了。

老七也怀过胎。小小的老七挨过了十月怀胎，这是喜悦的十个月，这是充满未来的十个月，这是让人兴奋的十个月，孩子在肚子里动一动，老七的脸上就笑一笑。生活真的充满希望，不是吗？就算是老七，一样觉得自己很满意。

八月十五的时候，老七的儿子出生了。每个人都一团团的喜气，老七产子的消息火速传遍半个小城。孩子出生第三天，被老三抱走了。老三从老七身边把孩子抱走了。她和老七说孩子感冒了，需要治疗。再过两天，老七出院了，孩子还是在治疗。老七啥也没说，也不多问。老七心里影影绰绰能感觉到点什么，可老七不多问，安静的老七，坐月子的老七，看上去格外无助，却又充满了莫名的力量。

几天后，老三给老七抱来一个女婴，那孩子比耗子重不了多少，用老三的外衣包着。儿子变成了女儿，老七还是问了句，孩子到底咋样了。老三说，孩子走了，以后你怀抱的就是你孩子。老七说，怎么才能下奶呢？老七想奶孩子了。老三把女婴放在老七胸口，皱皱巴巴的女婴居然拼命地吸起来。

这个瘦弱，皱皮的，小女婴啊，真像哈什蚂。那奇异的粉红色的哈什蚂，四肢伸展的。

老七给女婴起名小喜。小喜居然赖赖巴巴地活下来了。

老七确实没啥提气的事情。自己就不提了，大梁子也不是个能干的男人，一家子没钱也混过来了，可老七唯独有一样高兴的事情。老七忍也忍不住的，要在人前显摆，那就是小喜。

小喜还上幼儿园的时候，院子外面，有人卖黏苞米。卖苞米的人一边喊，一边骑着吱吱呀呀的自行车就快走了。小喜听见喊声，吵着嚷着要吃。就几穗苞米，小喜要吃，老七就去买。一元钱三穗，热乎乎、香喷喷、软糯糯的黏苞米就买回来了。小喜吃黏苞米，老七就存心考一考小喜。

"闺女啊，给妈妈算算，这一块钱三穗苞米，一个苞米多少钱？"

小喜一边啃苞米，一边开始合计。那工夫，她刚认识钱没多久。"妈，是三毛三分一穗苞米，可是，她少找了我们一分钱。"

老七笑了好一会，笑好了，赶快出门逢人便夸。这个事情老七笑了好几天，街坊邻居亲戚朋友，谁不知道小喜聪明？

小喜她从来没参加补习班，没条件参加补习班；小喜没有任何才艺，因为没条件学才艺。可小喜却成绩非常好，从读书那天算起，一直就是读书好。

一转眼，小喜读初中这一年。有一天，老七家里来了个客人。市里的一个大学生，想找人结对子，跑到学校里，只有小喜家，家长不仅下岗，还是残疾。大学生不富裕，热情却很高，要给小喜每学期资助二百元钱，老七要也不是，不要也不是。

大学生不知道，老七虽然穷，手里却没有短过钱。东家给点，西家贴补点，一大群姐姐咋能让老七为难？

大学生热情很高，经常来。小喜心里不舒服，毕竟被安上"受捐助"的帽子真心不好受。老七一家都希望，大学生不要再来了。受自己家里人帮助也就算了，外人这三头两百的其实帮不上什么忙，又矮人一头。

老七和小喜说："这大学生比不上你那些表哥表姐，你要眼界高些，以后考更好的学校。"小喜的表哥表姐，都在大城市生活。大表姐给寄点衣服，二表姐给买双鞋，三表姐送个 MP3，表哥送个文曲星……小喜一直在大家的照拂下生活。虽说家庭条件差，但是很多东西都配置齐整了，而且眼界也不低呢。

街道里要给老七办低保，但是老七家有电话，让街道里为难。咋整，有电话不能办低保。电话线拔了，区里领导来老七家看两眼，看到老七的样子，低保就办下来了。说好了，到了老七退休的时候，低保要取消的。

老七眼瞅着也能吃上退休金，可是社保欠了这许多年，咋补上？老七哪有钱？姐姐妹妹你五百、她一千的凑吧，老七自己又借了些，几万元钱将将巴巴凑上了。

小喜中考直接进了市里的宏志班，学费一分不出，书费也免了。三年高中，平平安安，顺顺利利，老七一次学校也没去过，更别说参加家长会了。老七寻思着，在市里不比小城，小喜长大了也不比打小前儿了。老七这个样子，让同学看到会让小喜没面子。大姑娘也劝和老七，别去，孩子在外面不让别人指指点点。只要孩子认咱，就够了；只要孩子过得好，就够了。

老七也就不去学校了，老七不去了，小喜只不过还是个宏志班的学生，和其他穷孩子区别不大。也就这样，小喜读了大学，勉强读了一本，以她在学业上的投入，能进一本已经很好了。老七两口子也领退休金了，苦日子好像要出头了。

小喜不肯申请助学贷款，老七也依她。两口子打工赚的钱，将将巴巴够小喜省吃俭用的一年学费加生活费。有个头疼脑热，礼尚往来的事情，两口子也脑门儿流汗，哪里变得出钱呢？小喜还没毕业，大梁子病倒了。大梁子咳嗽、感冒，挂吊瓶都不好。老九带大梁子出去看病，医生看了片子，直说是肺癌。老七有大梁子，是份人家；大梁子如果没了，就是孤儿寡母。不管大梁子怎么样，家里不能少了他。

老九替老七做主，挨家给姐姐们打电话，每家出钱给大梁子治病。明给的，暗塞的，姐姐妹妹凑了手术费，再加上大梁子的医保，居然病也看好了。原位癌，发现也早，化疗、放疗一概省了。

大梁子躺在病床上，跑前跑后的是老九。找专家，缴费用，催姐姐们的款子，照顾大梁子。老九是他们两口子的主心骨。大梁子手术很成功，术后就只养着了。一场病让大梁子迅速苍老了，烟酒都不敢沾了。小喜眼看要毕业了，小喜不知道大梁子生病，她想买一台电脑。

那年过年，小喜回家。年夜饭，三口人坐在一起，小喜也知道了大梁子的病。可毕竟，病是治好了不是吗？病好了，就不提了，大过年的，提了多难受。

大梁子也就破例喝了点酒，喝了点酒，也就破例话多。一得病，一喝酒，一话多，大梁子就说了很多年来想说却没有说出口的话。

小喜，你长大了，爸老了。你不是爸妈的亲生女儿！但爸妈把你当亲生女儿一样养！

一句话说完，老七眼泪流下来了。心里骂大梁子，你这个不担事儿的人啊，你说这些干啥？小喜却很平静。她说："爸，我早知道，我上小学的时候同学就告诉我，我不是你们亲生的。我就知道，你们会告诉我的。"

小喜看着老七哭，也忍不住哭起来，毕竟也只是个二十出头、心里没算计的孩子。一场年夜饭，一家人抱头痛哭了一会儿，背景音乐是欢天喜地、歌舞升平的春节联欢晚会，屋外面炮仗炸得响亮，烟花噼里啪啦的，喜气！

除夕一过，老七两口子换上新衣服带上小喜，按照几十年的老传统，大年初二回娘家了。爹妈去世了，可弟弟老八还在，姐姐们大部分去外地了，老八的家就是娘家。留在东北生活的两个姐姐也都回来了，亲亲热热的，还像爹妈在的时候一样，全家来个团圆饭。只是原本要摆上三大桌的团圆饭，现在一桌都松松快快。为啥呢？多数人都离开了东北呗。

吃饭前，照例是燃炮仗，祈求来年五谷丰登、风调雨顺，工作的多赚钱，退休的少生病，学习的都考上第一名。一万响的红色小鞭炸起来，轰鸣了好几分钟，好像把人气低迷的小院子炸了个通通透透。院子里满园子的雪，白皑皑，也铺上了一层红色炮仗衣，再惨淡，也是个喜气。

饭桌上，没人知道，老七最担心的事情已经发生了，从此后老七心里就没事儿了。对于小喜，本不是秘密的秘密揭开了，也没啥大悲大痛。这个秘密她早已消化了十几年，现在她唯一的秘密是一台电脑。大过年的，小喜想买一台电脑的事情，老九知道了。

刚伸手要了治疗费，电脑钱怎么要？可同学们都有，就小喜没有。小喜没有的东西很多，小喜却想要。老九心疼老七，心疼老七就必然心疼小喜，心疼小喜就必然要买电脑。钱打哪里来呢？刚出了钱给大梁子治病，买电脑就难开口了。姐姐们离得远了，也各有一大家事儿，老九开不了口。

老七心一横，掏出大外甥女给的诺基亚手机，发了一条短信。大外甥女心善，她应该会顾忌老七的苦。

叮咚一声，外甥女的短信发回了。老七疼了很久的大姑娘，居然拒绝了老七。老七的脑子里噌地一下，闪现了一个可怕的念头。大约，小喜以后样样都要靠自己了，没人依靠了。老七就像沉在海里许久的贝壳，一直有水养着，可突然被冲刷上岸，孤苦伶仃，回不去了。

小喜还是买了电脑，花了三千多，买了台联想笔记本。钱是老七预支的保姆费。咋说呢，花自己钱好，想买贵的就买贵的，没人敢指手画脚的来说个"不"字。

现在，老七真的老了，上下楼梯都费劲。她终于有了一套市区的小房子。老而小，只是房间里装修得不错，二十三万的价格，老七居然也拍板买了下来。这钱里，有小喜攒下的六万，有小城房子拆迁的八万，其他的是老七这些年积攒的。这笔钱一花，是老七这一辈子最大的手笔。

搬家这天，老七穿得特别精神，也新烫了头发，小喜给做的一套板正衣服，老七还围了大姑娘给买的一条红白相间的丝绸围巾。

这新房是一楼，正适合老七住。老七在新房走上一圈，房间里亮亮堂堂，四十八平，两房一厅。前房主把房子改了格局，厨房安在阳台了。淡棕色的木地板泛着温润的光，阳光从窗口洒来，一屋子热热烘烘，温暖、妥帖、整洁。

卫生间里，白蓝两色瓷砖，从天花板到地面，都是亮堂堂的。更好的是，卫生间里有个淋浴房，下次她可以在家洗澡了。小喜说，下次给老七添个沐浴桶，照样能泡个解乏。

搬家这一天，老七觉得比结婚那天还要郑重。"这房子，这屋子，真的都是我的吗？"新屋子晃了一圈下来，小喜要带老七去吃个乔迁新居的饭菜。市里新开的福隆居，鲁川粤菜，样样齐全。高档归高档，价格却也亲民。一大群人，七七八八点了一大桌子菜。不知是谁点了一份哈什蚂。——落座以后，大家的筷子伸伸，对准各色菜肴吃起来。老七胳膊短，够不着，小喜帮她分菜，哈什蚂放在盘子里，老七居然夹起来放在口中。

鲜嫩软，咸香。老七说："这哈什蚂原来也不难吃啊？！"

一桌子人都愣住了。"老七，你不是不吃吗？"

老七一直觉得是哈什蚂让老七成了老七，老七不吃哈什蚂。老七是个侏儒，身高不到一米二。老七这辈子，磕磕绊绊，遇难成祥，从没有富过，却也一直有钱花。老七在人世上走了一遭，酸甜苦辣都尝过，总归还是有一些甜啊。

可现在，老七笑呵呵，她说："为啥不吃啊，老也老了，一辈子也快到头了，多尝尝没吃过的东西，哈什蚂也挺好吃，我还想多活几年，去外省看看呢。小喜，你带妈去不？"

小喜回答得嘎嘣脆："行啊，妈！咱年后去北京看看！"